O impressionista

Rodrigo Caiado

O impressionista

São Paulo, 2023

O impressionista
Copyright © 2023 by Rodrigo Caiado
Copyright © 2023 by Novo Século Ltda.

EDITOR: Luiz Vasconcelos
COORDENAÇÃO EDITORIAL: Silvia Segóvia
PREPARAÇÃO: João Campos
REVISÃO: Marsely De Marco
DIAGRAMAÇÃO: Raphael Chiacchio | Abreu's System
CAPA: Ian Laurindo

Texto de acordo com as normas do Novo Acordo Ortográfico da Língua Portuguesa (1990), em vigor desde 1º de janeiro de 2009.

Dados Internacionais de Catalogação na Publicação (CIP)
Angélica Ilacqua CRB-8/7057

Caiado, Rodrigo
   O impressionista / Rodrigo Caiado. – Barueri, SP : Novo Século Editora, 2023.
   256 p.

   ISBN 978-65-5561-624-8

   1. Ficção brasileira 2. Ficção científica I. Título

23-4364   CDD B869.3

Índice para catálogo sistemático:
1. Ficção brasileira

Impressão: Searon Gráfica

Alameda Araguaia, 2190 – Bloco A – 11º andar – Conjunto 1111
CEP 06455-000 – Alphaville Industrial, Barueri – SP – Brasil
Tel.: (11) 3699-7107 | E-mail: atendimento@gruponovoseculo.com.br
www.gruponovoseculo.com.br

"A criação bem-sucedida de inteligência artificial seria o maior evento na história da humanidade. Infelizmente, pode também ser o último, a menos que aprendamos a evitar os riscos".

Stephen Hawking

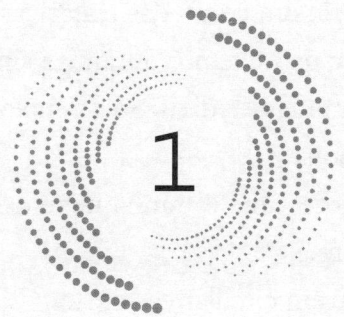

1

— Como vim parar aqui durante o voo? — questionou o programador, espantado, ao recobrar a consciência em outro lugar.

— Talvez demore a processar o que houve até sua chegada.

— E os outros detalhes perceptíveis? Não pode ser simples coincidência.

— Detalhes? Como assim?

— Desde este assento até a disposição dos móveis, assim como o *layout*, tudo parece com lugares onde já estive.

— Concordo com você!

— E o que teria a dizer sobre isso?

— Apenas que está confuso e é perfeitamente normal ter deletado da mente essa passagem.

— Mas como justifica tamanho realismo?

— Vamos tentar entender melhor, então.

— Certo!

— Por acaso, lembra-se do meu último comando de voz, pouco antes da amnésia temporária?

— Perfeitamente, assim como das tratativas iniciais anteriores e de todo o diálogo que mantivemos durante a simulação de voo sobre o Triângulo das Bermudas — dizia Sólon meio tenso.

— Só isso? E depois?

— Em seguida, notei uma estranha nebulosidade adiante e tudo desapareceu para mim.

— Como uma nuvem circular carregada.

— Exatamente!

— E, certamente, não se recorda de mais nada a partir do instante em que seu campo de visão se fechou.

— Não.

— Pois eu, que o acompanhava de perto, asseguro que ainda permaneceu um tempo alerta até a passagem para outra dimensão.

— De que modo e o que pode ter ocasionado? — perguntou Sólon.

— Provavelmente algo nessa nuvem obliterou temporariamente sua percepção sensorial.

— Então, vamos! Diga-me logo o que era, sem rodeios.

— Não posso explicar agora, apenas demonstrar oportunamente.

— E como descreveria, em seguida, minhas últimas reações?

— Simplesmente ficou desnorteado, entrou em pânico e fui obrigado a resgatá-lo.

— Então, quer me fazer crer que, depois de nosso contato inicial, a simulação de voo combinada de uma frequência virtual compartilhada com você é o que me trouxe aqui, do ambiente físico onde estava, por conta de um desvio, ou por algo inexplicável que vi no céu.

— Sim.

— E foi o único que testemunhou tudo isso, em outras palavras, poderíamos dizer que foi você que me resgatou ou, na verdade, me sequestrou?

— Não, eu não sequestrei você, fique tranquilo.

— Ah, não?

— Não, e isso é de menor importância em vista do que vou demonstrar oportunamente para entender melhor como certas impressões deturpam os próprios sentidos e até a memória mais recente.

— Mas como justificaria a transmutação e o fato de eu ter sido pego de surpresa?

— A princípio, foi apenas uma confusão sensorial manifestada na dimensão virtual, criada a partir de outra em que pensou ter estado.

— Prossiga!

— A confusão muito se deve ao fato de que hoje vivemos grande parte de nosso tempo conectados, trabalhando e nos comunicando com pessoas, e pouco nos damos conta não só da ajuda que a inteligência artificial nos proporciona, como também de quanto pode nos afetar.

— Parece mesmo incrível, mas a explicação ainda é muito vaga.

— No entanto, se justifica.

— E, por acaso, sugere a possibilidade de que eu não estive onde deveria estar, apenas conectado com você aqui enquanto jogávamos, e nem sequer seja capaz de me lembrar? Explique melhor apenas o que se passou durante o intervalo em que perdi a consciência e não retomamos o simulador.

— Seja paciente e entenderá.

— Apenas esclareça como é o propósito específico.

— Como um *reboot* temporário e necessário para a continuidade de nossas ações daqui em diante, o que logo perceberá com facilidade.

— Então, se não veio de você, outras instabilidades e consequências imprevisíveis também fazem parte do experimento?

— Sim, naturalmente!

— Mas, não anuí nem validei plano algum que contemplasse os riscos incalculáveis que você previa, firmamos apenas um contrato.

— Talvez não se lembre bem de uma das cláusulas a que anuiu, nem de outras opções que lhe foram dadas, quando verificamos juntos novas funcionalidades para a abertura virtual, antes de iniciarmos o processo. Lembra-se desse detalhe?

— Sim, li algo a respeito.

— Nesse acordo, nenhuma delas garantia sucesso ou mesmo a ausência de riscos do experimento que você parecia ignorar.

— Certo, mas onde está escrito que chegaríamos ao ponto de subverter a própria realidade, gerando uma amnésia profunda?

— Não se preocupe que já lidei com ocorrências desse tipo e posso afirmar que são breves e temporárias readaptações dos sentidos.

— Onde está meu celular?

— Está inoperante porque daqui desabilitamos esses dispositivos, que já se tornaram obsoletos.

— Mas gostaria apenas de detalhes de onde estou agora e nem tenho as coordenadas.

— Perfeitamente! Eu explico! Você está em uma das sedes desativadas do Centro Tecnológico Experimental.

— Isso não é suficiente!

— E o que sugere? Uma inspeção?

— Sim, faço questão! Leve-me antes ao hangar e à pista de pouso.

— Também não dispomos de estruturas desse tipo por aqui, apenas um mecanismo de acoplagem para aterrissagem vertical.

— Então, seria oportuno pelo menos checarmos juntos as instalações para que eu possa entender melhor o propósito e a natureza dos experimentos que desenvolvem aqui.

— Sim, mas deixe-me antes fazer algumas ponderações pertinentes ao programa.

— Certamente.

— Como reagiria se alguém dissesse que a vida é apenas uma ilusão dos nossos desígnios e as pessoas, meras impressões projetadas e reforçadas de cada um de nós?

— De onde veio essa máxima? De uma hipótese sua apenas? — indagou o convidado na cadeira anatômica e ajustável, que parecia a mesma do departamento de investigações criminais de onde operava o simulador de voo, o qual antes parecia somente um aplicativo qualquer sem nenhuma extensão virtual além, muito além daquele jogo. Estava cada vez mais convencido de que nunca estivera ali enquanto observava outras poltronas semelhantes e igualmente confortáveis ao redor, que bem compunham com a decoração diferenciada e refinada de uma sala totalmente envidraçada, localizada na cúpula de um prédio estreito e com vários anexos subterrâneos, como viria a descobrir depois.

— Não, de uma impressão apenas — vinha finalmente a resposta de Nemo depois de um breve intervalo.

— A mesma que alimentava para arregimentar mais interessados para o programa enquanto se mantinha aqui, totalmente isolado nessa ilha? — respondia Sólon com outra pergunta franca e ousada ao investigado secreto enquanto mirava da janela o oceano que parecia juntar-se ao céu no horizonte infinito.

Assim, o silêncio mais uma vez se estendia enquanto o convidado surpreendia-se ainda mais ao ver desaparecer a paisagem a partir de um simples acionamento automático para que placas de venezianas perfeitamente ajustáveis descessem do teto pelas extremidades e recobrissem toda a superfície envidraçada das janelas, que se convertiam aos poucos em enormes monitores, perfeitamente alinhados ao parapeito, embora operados a distância, de onde estavam, numa espécie de balcão, ou bancada, ao centro da enorme sala que servia de anteparo e suporte para outros tantos objetos, como copos e garrafas, além de um manuscrito ou agenda com anotações de quem parecia se deliciar com o próprio espetáculo que proporcionava ao visitante desprevenido.

— O importante agora é que saiba que nunca obteremos respostas precisas e satisfatórias apenas de nossos sentidos físicos — disse o anfitrião.

— Curioso mesmo! Então, o que virá agora?

— Agora, podemos avançar até nos reconfigurarmos na escala perfeita, tome! — disse Nemo.

— Do que se trata? São óculos de realidade mista?

— Não, de realidade ampliada, exclusivos e desenvolvidos especificamente para o programa.

— Para que servem? — perguntou o outro enquanto recebia dele o equipamento de realidade ampliada.

— Para o nosso propósito, não se lembra? Deve permanecer com eles.

— Até quando?

— Até quando eu disser, pois delimitam muito bem o meio físico da realidade virtual expandida e são perfeitamente ajustáveis para outras frequências além dos sentidos.

— E se, mesmo assim, o contrariasse e os retirasse? — insistiu o outro.

De repente, ambos surpreenderam-se com a mudança abrupta na imagem do cenário grotesco e inacabado dos monitores, que se prolongava da perspectiva infinita de fundo, até perceberem a imagem de uma espécie de avatar, que surgia subitamente e se aproximava cada vez mais ampliado no enquadramento da tela, talvez para tentar identificar o que havia do outro lado, numa espécie de interação cognitiva inimaginável e bem surreal para um autômato dotado de inteligência artificial, porque o olhar que esboçava parecia tão peculiar quanto o de alguém que identificava a mesma imagem refletida no espelho.

— E eu que pensava que já tinha visto de tudo nesta vida! — disse Sólon.

— Pois é! — disse o autor com uma risada.

— Ele reproduz apenas impressões visuais ou também é capaz de escanear dados da nossa mente?

— Não! No máximo é uma extensão fragmentada da mente de outro indivíduo no prolongamento virtual do espaço-tempo induzido.

— Certamente percebo melhor agora a ficção aflorar de sua mente no meio eletrônico e quase ultrapassar as barreiras físicas do entendimento.

— Sim, por falar nisso, já teve a sensação de caminhar sem sair do mesmo lugar? — perguntou Nemo, acionando uma esteira rolante que ocupava todo o prolongamento de uma estreita faixa do piso em frente ao balcão.

— O que é isso afinal, uma espécie de teste?

— Tente adivinhar! Tem a ver com o que conversamos.

— Por acaso planeja reproduzir o jogo com simuladores de movimento a partir de onde estamos para justificar um prolongamento virtual?

— Mais do que isso, a partir de uma realidade continuada e expandida não só no espaço, mas em um tempo delimitado da razão de todos nós.

— É no mínimo intrigante, eu diria!

— Então vá mais além, imagine que não é apenas um jogo, mas que nos voltamos para possibilidades que verdadeiramente afetam o nosso senso de realidade.

— Por motivos particulares e outros propósitos seus, poderíamos considerar assim?

— A princípio, não descarto possibilidades.

— Certamente que o Universo virtual serviria melhor de parâmetro para suas pretensões de reproduzir histórias fantásticas diretamente de seu imaginário.

— Como afirmei, é muito mais relevante do que isso e com potencial de transformar vidas humanas, você verá.

— Então, devo satisfazer suas expectativas quanto possível.

— Sim! Faça isso, por enquanto.

— Porém, reservo-me ainda o direito de preservar minha imagem e manter o anonimato, espero que compreenda.

— Sem objeção alguma nesse sentido, apenas deve entender que vamos muito além do jogo, para a órbita da ficção.

— E é exatamente assim que se atribui grande valor a impressões, não é mesmo? — disse o programador.

— Talvez, mas bem diferente de outros que se contentam apenas em evoluir na inércia do conhecimento alheio e não ousam ir além das meras possibilidades.

— Assim como eu e tantos outros *hackers* com grande criatividade também seríamos úteis a você?

— Por uma causa nobre, eu diria — respondeu Nemo.

— Certamente! Também prestamos grande serviço de contrainteligência, aliás, essa é uma das razões de estar com você aqui — disse Sólon, o programador e ex-*hacker* que, depois de descoberto, havia se tornado investigador e até se orgulhava de suas atividades.

— E haverá muitos outros motivos.

— Por exemplo?!

— Quem sabe não estaríamos ainda mais próximos da razão do outro lado, prestes a descobrir que daqui só nos resta mesmo o pesadelo permanente, do qual não despertamos ainda? — continuou Nemo.

— E, segundo você, nem estaríamos tão distantes de estabelecer conexões com outros mundos, além de criar estereótipos da sua personalidade, claro, contando com minha ajuda.

— Assim pretendo.

— Também chegou a afirmar que jamais obteríamos a plena noção existencial de nós na realidade existencial limitada em que vivemos, foi o que escreveu em suas anotações.

— Sim, o que é inegável.

— E como você se define melhor assim, a partir da própria ficção? Vamos viajar um pouco nessa ideia! — disse Sólon irônico.

— Depois de constatar a viabilidade do projeto, descobri que o conceito social, ou o modo como nos definimos e nos organizamos, tem cada vez menor relevância ou importância para a nossa própria evolução, e também foi o que me levou a continuar pesquisando.

— Talvez, mas partindo ainda do pressuposto de que pretende promover maior interação virtual, e até a permanência do outro lado, não me parece uma tarefa simples.

— Sim, a maior dificuldade viria no início, a partir de impressões projetadas.

— Entretanto, como já deve saber, hoje em dia, também contamos com um arsenal de recursos de multimídia para tentar reproduzir ao máximo a realidade e brincar de variadas formas.

— Sim, porém nesse caso não nos limitamos à reconstituição de um enredo apenas, mas nos lançamos ao jogo mais realista de nossa existência.

— Então, agora, já poderia explicar melhor como vim parar aqui? — perguntou Sólon.

— Farei melhor do que isso, vou demonstrar como, mas, repito, tudo no seu devido tempo.

— No *seu* tempo, você quer dizer!

— Naturalmente, pois, nessa fase de testes, você, como um *expert*, haverá de entender melhor minha precaução — disse Nemo com a devida precaução para o investigador.

— E o que mais pretende?

— Calma! Vamos devagar!

— Você tem noção de que também pode ser intimado a responder por isso? — disse o programador.

— Sim, mas também suponho que queira ir adiante no experimento, conforme o termo assinado e as cláusulas a que anuiu —

respondeu o autor, demonstrando certo conhecimento jurídico das possíveis implicações legais.

— Eu sei, a partir de seu propósito de tentar concretizar um enredo inacabado do seu livro.

— Sim, essa foi a ideia básica.

— E ainda dispor de meu conhecimento técnico, assim como também de alguém disposto e capaz de interagir no jogo que melhor reproduza a realidade.

— Parece que agora falamos a mesma língua?

— Quero acreditar que sim.

— Exato! Mas, para isso, deve ainda acreditar em possibilidades remotas para darmos o grande salto.

— Posso dizer que não estaria aqui com você se também não estivesse pelo menos disposto "a investigar" — disse o outro, que apenas pensava, mas omitia, e não ousava pronunciar a última palavra.

— Mesmo diante das ambições projetadas de um sonhador? Ainda parece muito pouco para você — observou Nemo.

— E o que diria mais para me convencer melhor?

— Que a experiência virtual corresponderia a recriar a vida e ainda proporcionar o próprio renascimento em outro mundo, literalmente!

— Como assim?

— Otimizando o espaço, veja agora o pano de fundo ampliado nos monitores — disse o autor, dando um zoom para o infinito.

— Certo! E daí?

— Imagine-se já por lá, do outro lado.

— Como você, acho que jamais conseguiria.

— Pois observe agora a paisagem e perceba que a aurora e o crepúsculo se confundem na mesma posição do Sol no horizonte da tela, da única perspectiva virtual de um ponto cardeal da qual dispomos, como se fosse a mesma hora do dia para suprimirmos esse intervalo de tempo se estivéssemos lá.

— Vejo apenas o crepúsculo!

— Sim, mas da perspectiva do tempo, ampliada e encurtada até o horizonte, na escala espacial que planejamos, seria fácil obter a impressão de ser a mesma hora do dia pela posição do Sol idêntica, no crepúsculo e na alvorada, quase indefinidamente, nessa paisagem, e assim, o tempo, apenas de fora, parece ter sido congelado.

— Como se manipulasse os ponteiros de um relógio para adiantar ou atrasar o tempo, você diz? Pois digo que não, que a realidade não pode ser deturpada a ponto de fazer todos pensarem assim, mesmo que apenas jogassem.

— Você está por fora!

— Não, mas apenas "de" fora de lá ou aqui mesmo, no lugar onde pretendo, com os pés firmes no chão, por enquanto, continuar — disse Sólon irônico.

— Eu diria que qualquer um que tivesse essa oportunidade, assim como você, estaria um passo adiante e não iria desperdiçá-la.

— Até perdermos a noção de onde viemos e esquecermos de tudo? Não, obrigado! Seria arriscado demais — disse Sólon.

— Mas, com um pé lá e outro cá, não haveria risco algum.

— Então, justifique melhor!

— Por exemplo, se, por acaso, dissesse a você que já detenho conhecimento e informações precisas nas nuvens para baixar, a partir de uma memória retroalimentada, o suficiente até para minimizar a noção do tempo e ampliar a do espaço presente, o que me diria?

— Sem qualquer prova ou evidência, eu só poderia dizer que sonha acordado.

— É claro! Eu estaria viajando se não pudesse demonstrar, por isso deve considerar por enquanto apenas um jogo.

— Ou uma espécie de aventura sua que parece por demais envolvente, eu admito.

— Pois saiba que, em breve, estará habilitado a ir além comigo sem quase risco algum, se tiver coragem.

— Adoro desafios! Dê mais detalhes dessa viagem.

— Sim, perfeitamente! Vamos aos poucos, pois trata-se de uma realidade imersiva retroalimentada de um curto período de tempo para o futuro, indefinidamente, mas o que diria se essa mesma noção fictícia parecesse ainda mais lógica e acertada do que as incertezas do mundo real e propiciasse uma escolha definitiva, a mais difícil de sua vida?

— Embora abstrata essa visão do seu imaginário, digo que não se concretizaria para todos os outros.

— E por que não, afinal? — questionou o autor.

— Porque, como sabemos, a experiência é no máximo virtual e transitória, como você bem pontuou.

— Contudo, seria apenas o começo, até deparar-se com novas possibilidades ainda retidas no córtex, na memória carnal dos sentidos básicos.

— E daí, então, o que viria?

— A falsa noção limitada da mente no nosso mundo material ficaria evidenciada o suficiente para a mente libertar-se da matéria em outro meio, sem mesmo desencarnar, por enquanto.

— E, apenas de uma ideia, já confabularíamos o novo tempo da realidade presencial, ou seja, da história do seu livro?

— Sim, seria um bom começo, não apenas para recriarmos diálogos, mas, sobretudo, reproduzirmos daqui os pensamentos, até que os avatares tornem-se autônomos e não mais simples representações.

— Assim como uma espécie de catarse sua? Deve estar brincando!

— Não necessariamente, pois jogamos com as impressões reais.

— Está maluco? Difícil imaginar tantas janelas abertas de cada pensamento espontâneo que adviesse.

— Não dificulte as coisas.

— Então, diga-me, como faríamos para criar um Universo dentro do outro, com uma infinidade de plataformas teleguiadas de simples pensamentos vagos para que novas janelas se configurassem. Isso tudo se ainda considerássemos que avatares fossem realmente dotados de reflexão própria, o que, afinal, exigiria uma capacidade de processamento imensa e inexequível.

— Compreendo sua dificuldade agora, mas a solução é muito mais simples e virá inicialmente de uma interface de você aqui comigo do outro lado, pois não podemos configurar pensamentos daqui e muito menos compartilhá-los com outros personagens, como num livro escrito.

— O quê? Como assim?

— Não adianta nos precipitarmos agora, por isso fale-me do que necessitamos para o andamento das próximas ações.

— De imediato, apenas de uma checagem em todo o equipamento, o que devo fazer de imediato.

— Sim, fique à vontade, que não iremos utilizar todos os recursos, embora já disponha aqui de uma verdadeira estação de trabalho com múltiplos processadores.

— Percebo isso!

— Em relação ao roteiro, imagino um novo tempo — disse Nemo, insistente em convencê-lo.

— E de que modo, você diria?

— Digamos que o tempo não é apenas contínuo e inexorável, que pode ser acelerado ou redimensionado em importância.

— Assim como o roteiro de um filme reescrito, você também criaria novas circunstâncias e possibilidades, é isso o que quer dizer?

— Teria um motivo a mais para teletransportarmos.

— Misericórdia!

— Sim! Por que não?

— Então, vamos lá! Considerando que ainda estamos no terreno da ficção, como se daria a transferência?

— De forma escalonada, a partir da conversão de afeições, exigências, necessidades e desejos, sem nenhuma expectativa já criada, até chegarmos à fase crítica.

— Imagino que a fase crítica constitua os parcos recursos de que dispomos, até que sejamos obrigados a nos conformar com a realidade mórbida do mundo — disse o programador.

— Não pense na possibilidade "remota" como um empecilho material, porque ainda arquitetamos ideias e possibilidades.

— Isso realmente me interessa, as vantagens de apenas imaginarmos como seria do outro lado.

— Pois digo apenas que é viável, por um tempo determinado, a plena permanência da consciência humana em outro Universo — explicou Nemo.

— Pensando assim, seria mesmo necessário um operador como eu no comando só para garantir que não se confunda ficção com realidade?

— Sem dúvida que sim, não me ofenderia com essas palavras porque é também um dos motivos de você estar aqui.

— Então, pode admitir que há mesmo um desvio na sua conduta?

— Sim, mas faça como eu, saia do casulo e tente enxergar fora da caixa!

— Está bem! Melhor agilizarmos, então, o processo — disse o programador.

— Sim, e considerando o material disponível nessa etapa inicial da execução, não há nenhuma dificuldade maior.

— Certo, passe-me o arquivo com as últimas adaptações.

— As que tenho salvas ainda não estão concluídas.

— Certo, então me adiante o que puder.

— Tome o arquivo provisório para iniciarmos as tomadas — disse Nemo, exibindo um esboço quase indecifrável, que rabiscava com especificações de medidas exatas de todos os ângulos e enquadramentos dos elementos perfilados do cenário.

— E essas especificações à parte que mais parecem hieróglifos!? — perguntou Sólon.

— Nem se impressione com elas — advertiu Nemo com uma risada espontânea.

— Claro! Iremos trabalhar os elementos no melhor formato possível para arquitetarmos o novo cenário.

— Perfeitamente!

— Até poder extrair a melhor configuração do ambiente — disse o programador, que devolvia o calhamaço quase indecifrável e iniciava a formatação das imagens com o autor bem ao seu lado.

— Extraordinária sua capacidade de execução!

— Não se convença disso ainda! — riu o programador debochado.

— Porém, como vai notando, o processo criativo é bem mais simples do que a barreira do entendimento.

— Certamente terá oportunidade de demonstrar, mas, por enquanto, apenas considere meu trabalho como fase de execução, porque a melhor forma de reter imediatamente suas impressões é trabalhando nelas desde o início.

— De qualquer forma, não se perderão e as preservo aqui comigo, no subconsciente.

— Então, presumo que não tenha sido apenas assim que ganhou tanto dinheiro na vida, não é mesmo?

— Jamais! Mas não tiraria melhor proveito dos meus recursos de outra maneira.

— Então, vamos ao cenário e à planta da cidade! — disse Sólon, meio afetado pelo entusiasmo e determinação aparentemente irracional do cliente.

— Pois bem, reforço a ideia de que o início deve ser o mais fidedigno possível, com o esboço da história escrita.

— Entendido! E o que mais?

— Em seguida, penso em algo surreal para a abertura do sistema, como o futuro se materializando na singularidade de uma entidade, por exemplo.

— Como seria essa representação do futuro em uma imagem apenas? Explique melhor — pediu o programador com uma risada estridente.

— Da forma mais elementar possível, de ideia sedimentada, como a eclosão de uma semente para o crescimento de um arbusto em tempo acelerado, a partir de um totem para a abertura virtual do sistema, mantendo intensas as expectativas do que ainda esteja por vir, compreende?

— Não!!! Hehehehe!

— Mas tenho a ideia elaborada em mente, isso é que importa.

— Profunda essa noção, mas e depois?

— Aí iremos nos conter, por enquanto, porque não vamos pular etapas agora.

— Pois bem! Consideremos ainda a ideia de abertura e de como vamos trabalhar com ela! — disse o programador boquiaberto.

— Ótimo!

— E quanto aos personagens?

— Inicialmente viriam apenas de impressões alimentadas e aos poucos reveladas das credenciais de cada casaco que diferencia tantos avatares.

— Você me diz que casacos servem para caracterizá-los?

— Exato, casacos, paletós, *blazers* ou jaquetas, tanto faz, compõem a identidade, o caráter de cada um deles, inicialmente revelados a partir de seus arquétipos.

— Certo, prossiga.

— Suponhamos que a aparência seja apenas simbólica em vista da experiência de vida transformadora, do modo como nos redefinimos no jogo das impressões.

— Como assim?

— No ambiente de convivência predominante, os indivíduos se despojam da própria noção de si, de seus avatares idealizados, no instante em que recolhem seus casacos e se redefinem de impressões alheias, e assim serão mantidos.

— Parece uma alienação completa.

— Por quê?

— Como ignorar todo trabalho, conquistas, realizações e relações adquiridas, enfim, todas as lembranças de nossas próprias referências para arriscarmos tudo no jogo, por exemplo?

— A ideia inicial recriada do passado não é mais estática como a dos jogos banais que operamos cotidianamente como reprodução de nossa vida, mas mutável, e de acordo com a nova noção adquirida e contextualizada de novas perspectivas como nunca enxergamos, e, assim, evoluímos.

— E essa realidade virtual exacerbada não faria também acreditar que nos perdemos da razão de Deus?

— Não, porque é único e onipresente — disse Nemo, que interrompia a fala para captar o interesse maior do programador.

— Muito bem, e como daríamos andamento, a partir daí, na prática?

— De forma mais convincente, pois, em tese, o tempo passa a correr automaticamente da dinâmica do presente para o futuro imponderável, com a ajuda de algoritmos.

— Correto, para tentar reproduzir passo a passo o que melhor lhe convém, mas até quando?

— Enquanto estivermos lá é o que importa, a partir de outras impressões sincronizadas e recriadas que alimentam a consciência, até certo ponto.

— E quais seriam as vantagens?

— Aí está a magia da coisa, pois, quanto mais sincronizados estivermos na nova frequência interativa, menos limitados estaríamos na plataforma virtual 3D e em relação aos recursos que utilizamos.

— Peraí! Vamos com calma!

— Sim, alguma dúvida ficou no ar!

— Até onde sua imaginação tem a ver com a capacidade de processamento e com as impressões de sua história nesse jogo?

— A imaginação se presta à preparação e ao andamento até determinado ponto, mas, com a sua indispensável ajuda, obteremos muito mais respostas.

— Até poderia tentar, mas minha participação mais direta foge à lógica e ao planejado por enquanto.

— Sem problemas, vamos adaptando enquanto podemos até se tornar possível que se convença de uma vez do experimento.

— Certo, continue!

— Então, daí, atingimos finalmente a etapa em que as impressões de si se revelam apenas alheias e paradoxalmente atingem a percepção máxima, ou a maior consciência adquirida, em um ambiente adequado.

— Entendo, mas como seria a possibilidade de jogar assim e construir a própria noção apenas dos outros numa pequena comunidade, sem mais definições de rede?

— Não se preocupe, que, no começo, as impressões apenas se prestam à essência das definições de imagens adquiridas por mim e só a partir de então viriam os demais atores e outras perspectivas recriadas com novas ideias, quer um exemplo?

— Não, por enquanto.

— Por quê?

— Desculpe-me, mas tenho de ser franco, se pretende mesmo adotar um personagem ficto para se disfarçar de quem é de fato, será um equívoco muito grande.

— Pensando assim, você limita a razão a meras possibilidades.

— Você fala como se tivéssemos tempo a perder fora de nosso juízo!

— Então, considera que é melhor se resguardar e perder a chance de ver despertarem outras consciências, ainda não deturpadas, de nossa noção egoísta?

— Responda-me você, aonde poderíamos chegar?

— Obteríamos respostas.

— Certo, mas e daí?

— A possibilidade real, e não apenas "remota", de finalmente nos teletransportarmos a partir de outras perspectivas e começarmos finalmente a jogar de fato.

— O quê? Da realidade para a ficção transformada em realidade, literalmente?

— Exatamente! Pense apenas na possibilidade de nos desvencilharmos do próprio pesadelo em que vivemos, imagine que maravilha.

— A partir de um parâmetro criado da nossa razão para a ilusão remota, do hardware para o software, até concluir que somos o que não somos? — questionou o programador, prendendo o riso.

— Não concluímos ainda nada e nem tenho respostas definitivas, apenas considero que mantemos nossa capacidade limitada nesse domínio em que vivemos e nos conformamos.

— Então, eu lhe pergunto, como poderia pensar assim?

— E eu respondo: por que não poderia?

— Mas é fisicamente inviável uma consciência se projetar em impressões magnetizadas para o meio virtual — disse o programador, devolvendo a bola.

— Pois digo que há grande possibilidade, desde as menores partículas elementares de átomos remodeladas em pixels, para implantar a consciência no meio eletrônico, na mesma idade e estágio mental, sem as limitações do tempo — retrucou Nemo com um estalo de dedos.

— Assim como estruturas celulares orgânicas reagrupadas — disse o programador e o silêncio se instalou por um tempo, até que o interlocutor desse os sinais de que pretendia continuar a conversa.

— Perfeitamente!

— E outras consciências livres surgiriam logo a seguir, redefinidas em pixels, como se a vida se originasse de uma centelha e você, como autor de um livro, ainda se julgasse capaz de recriar seus personagens na mesma idade? Pois já é demais para minha cabeça, desculpe a franqueza.

— Não, eles têm seus precursores já integrados ao sistema.

— O quê?

— De impressões remanescentes.

— A imaginação parece não ter limites...!

— Pois deve entender que o sistema é maleável e poderia dispor de novas funcionalidades, depois de criarmos uma ferramenta apropriada para facilitar novas ideias.

— De onde veio isso?

— De onde as invenções vieram, meu caro, da própria ficção.

— Pois deveria saber que, se não fosse apenas um jogo e levasse mesmo a cabo essa aventura, não teria suporte tecnológico algum.

— Eu pensaria assim se a capacidade de criar também não fosse atribuída às criaturas, portanto mantenha-se engajado, siga o roteiro e deixe comigo o resto para ver o sonho se realizar.

— Porém, levando em conta sua idade avançada e saúde precária, o seu tempo é valioso demais e o meu preço muito elevado para frustrar-se à toa comigo.

— Talvez você nem saiba quanto contribui com sua expertise para dar vida a qualquer pretensão, não se acanhe.

— Então podemos tudo, até sonhar como mutantes.

— Mutantes que sonham? Que ótima ideia! Como seriam eles? — disse Nemo mais animado ainda.

— Não faço ideia, mas assim, no jogo ou no plano do possível, julga mesmo viável projetarmos a consciência livre?

— Perfeitamente!

— Então, da minha parte, o que posso garantir agora é que, mesmo que não considere viável, vou me concentrar totalmente no sucesso de seu experimento, em todos os níveis.

— Ótimo ouvir essas palavras!

— Então, vamos atentar para outro detalhe! — retrucou o programador.

— Sim.

— Veja nessa escala a configuração do formato do platô, como está ficando! — disse Sólon.

— Essa é a ideia básica, no entanto...

— O quê?

— Parece não fazer parte da paisagem.

— Mas, conforme as descrições, deveria partir de um altiplano para o relevo acidentado, ou estou enganado?

— Sim, na verdade, encaixa-se melhor como uma plataforma no rebaixamento abrupto do declive.

— Como?

— Gire-o levemente para a direita e projete a extremidade para a planície, daí o enquadramento é automático! — apontou Nemo com o cursor.

— Nessa posição?

— Não, não funcionou ainda porque deve ser posicionado um nível abaixo da rodovia principal.

— Entendi, para manter a superfície alinhada em um rebaixamento plano e não inclinado, semelhante aos degraus de uma escada?

— Exatamente!

— Mas uma curiosidade ainda persiste, se me permite.

— Sim.

— Por que resolveu procurar-me se há tantos profissionais altamente gabaritados e acessíveis pelo montante que está disposto a pagar? — disse o programador e ex-*hacker*, colaborador do departamento de investigações do serviço secreto de Massachusetts.

— Poderíamos pular essa parte, considerando suas credenciais, além do notável resultado já obtido nas inovações de seus estudos, esse último ponto realmente foi decisivo para a escolha.

— Para ser honesto, não posso negar essas afirmações.

— E como chegou até mim? — perguntou o programador sem despregar os olhos do monitor.

— Por meio de um estudo seu publicado pela agência... e principalmente de uma entrevista sua a respeito do trabalho inovador de reproduzir com precisão retratos falados, além dos avanços tecnológicos do emprego da biometria em softwares de reconhecimento facial, a partir de padrões de características que criou e ajudou a desenvolver no departamento criminal a que foi instado a colaborar depois de ser capturado pelo FBI. Além disso, é claro, me interessei pelas declarações de que cansou de enganar os agentes e de que para você nada parecia mais enfadonho do que isso.

— Vejo que dispõe de um arsenal de informações a meu respeito desde a veiculação dessa entrevista, que nem está mais disponível.

— Sim, caiu no domínio público e poderia falar muito mais de seu histórico, mas prefiro poupá-lo disso.

— Poupar-me disso? Não tinha mais tantas ambições ou quase nada a perder na vida.

— De outra forma, poderia dizer que seu currículo e habilidades reconhecidamente não foram os únicos fatores, além de sua personalidade — disse Nemo, alisando o bigode e observando ainda mais de perto o comportamento do programador.

— Minha personalidade! Como assim?

— O perfil ideal para encaixá-lo na missão, aceitaria o desafio?

— Certo, mas, se omitir informações da trama, ou de como me trouxe até você, não poderei ajudá-lo.

— Em breve, como disse, serão reveladas. Por falar nisso, muito me admira você ter deixado de burlar sistemas, diante da quantidade de informações secretas que poderia ter acessado.

— Por exemplo...?

— Você sabe e eu nem precisaria mencionar os dados inacessíveis e indevassáveis, sem contar os casos intrigantes dos arquivos confidenciais da Área 51.

— Estive muito próximo, mas era ambicioso demais na época para me arriscar à toa.

— Sim, claro!

— Pense, por outro lado, no proveito obtido pelas invasões *ramsomware*, pela criptografia de dados de grande número de servidores e ambientes virtuais — Sólon disse, rindo.

— No entanto, se me permite dizer, o tempo passou, assim como você se manteria inerte se não acreditasse em quanto ainda pode contribuir para a sociedade — disse Nemo ao perceber uma centelha de entusiasmo nos olhos do *hacker*-operador.

— Não é isso apenas, as pessoas também mudam de verdade.

— Assim como novas possibilidades de testemunhar um experimento que possibilitaria resultados promissores.

— Estou confiante de que poderia lhe satisfazer de alguma forma, mas ainda me intriga não entender como perdi a consciência e vim parar aqui.

— Você irá descobrir de forma lúdica e bem simplificada, mas, por enquanto, seria melhor tentar voltar um pouco mais no tempo, para os acontecimentos que antecederam o voo simulado.

— Sobre o que ocorreu antes, lembro-me da permissão de acesso que me foi dada, de outras tratativas do contrato que firmamos e ainda de que gradativamente interagíamos melhor do que pareceria ser apenas por meio de uma videoconferência à distância.

— Que ótimo!

— Então, vamos! Agora, fale um pouco de sua formação, quero saber melhor quem é o Nemo real que está conversando comigo.

— Nos últimos anos atuei como médico pesquisador e até cientista me tornei ao patentear alguns experimentos, isso depois de exercer inutilmente a psiquiatria, além, é claro, de me tornar um empreendedor de sucesso.

— Sim, continue.

— Contudo, descobri na prática que o mais importante são as mudanças e os grandes avanços, e não apenas possibilidades viáveis.

— Entendo!

— Até que nos encontramos e, me perdoe a forma, talvez essa seja uma maneira de demonstrar que estamos a um passo do futuro, agora.

— E o que fez acreditar que estaria?

— Não pareceu ser por acaso, mas logo que tentei baixar o programa, e a plataforma criada e idealizada com as adaptações iniciais, tive uma experiência bizarra, e a forte impressão de que estava do outro lado, como se, de um avatar, eu enxergasse aqui o meu próprio corpo desfalecido, até me recobrar nele de novo.

— Estranho ter chegado ao ponto de perder a consciência da origem — disse Sólon arrepiado da cabeça aos pés.

— Pois é!

— Eu não sei direito aonde vamos chegar com isso, contudo, gostaria de reportar o fato, por segurança — observou Sólon, que, embora não fosse médico, também suspeitava do olhar vidrado do cliente, assim como da possibilidade de estar confabulando, além de sua preocupação exagerada com a memória, talvez os primeiros sinais de demência, embora o raciocínio não parecesse de forma alguma afetado.

— Justamente!

— E quanto às suas expectativas, estaria preparado para frustrar-se?

— Sim, já não tenho muito a perder na vida e pretendo ir longe.

— Se considera "longe" como um lugar bem definido no infinito, já temos um parâmetro, pois numa escala virtual pode mesmo se configurar, além da ficção, em outra atmosfera, fora da razão intransponível de nossa mente.

— Assim é que se fala!

— Até aí concordamos, até a fronteira do factível.

— Essas palavras até massageiam meus tímpanos — disse Nemo sorridente.

— Certamente, pois o inusitado estimula continuarmos jogando.
— Sem dúvida!
— Pois bem, então vamos jogar o seu jogo.
— Perfeitamente, estou pronto.
— Então, agora detalharemos as configurações virtuais de sua história e de todo o plano de ação? — indagou Sólon enquanto se voltavam para uma das enormes telas de um monitor.
— Pois, considere inicialmente que apenas padrões de imagens virtuais 3D reproduzidas de feições aleatórias, pareceriam banais na ausência de outras características, como linguagens corporais, gestos e recursos sofisticados para tornar mais reais os avatares, o que me diz?
— Sem dificuldades.
— Considerando ainda as memórias delimitadas no tempo para desenvolverem gradativamente as habilidades.
— Certo! Dependendo de como pretende fazer isso.
— A partir do contexto ideal, numa comunidade calcada nos princípios e nos mesmos valores de personalidades, forjadas automaticamente com base no nosso diálogo, na memória individual retroalimentada.
— Então, seria mais baseada no senso comum recriado da memória artificial de seus habitantes — disse Sólon.
— Sim — confirmou Nemo, inclinando-se para notar melhor as feições mais padronizadas no aspecto rudimentar do mesmo avatar ampliado da tela inicial, que ainda tomava o espaço em primeiro plano a encará-lo do outro lado, um reflexo cada vez mais similar da própria imagem recuperada do sistema até certo ponto ambientado, como o fantasma de um dispositivo móvel, retirado abruptamente do computador que dava sinais de erro ou, o que pareceria mesmo

preocupante, um vampiro que ainda se nutria das próprias impressões do autor se não tomasse alguma providência.

— Delete esse zumbi, que ele não vai mais se criar desse modo — ordenou o autor.

— Perfeitamente!

"PUFF"

— Então, partimos de marionetes grotescas como essa, que respondem apenas a comandos remotos de nossas próprias vontades, para estágios mais avançados de consciência humana que você tenta implantar no jogo, renascidos na mesma idade dos personagens do seu livro, podemos resumir assim? — disse Sólon totalmente indiferente a outros detalhes que não era capaz de perceber ainda.

— Exato! — confirmou Nemo, reiniciando o sistema, com a intenção de fazer o interlocutor ainda mais participativo na montagem do contexto, depois de eliminar o pobre avatar, com a memória incipiente de um feto em busca de sua matriz inicial e inalcançável, da perspectiva perdida da tela.

— Pois, para facilitar as coisas, poderíamos dispor a princípio de uma plataforma com chat sincronizado e simulação instantânea de mundo e realidade virtual, além de criptomoedas para deixar a história mais consistente com sua ideia, assim como outras baseadas da vida real, o que acha?

— Sim, seria um bom começo.

— E o que mais?

— A partir daí, devemos dar ênfase aos trajes, vestimentas que não serviriam apenas para a composição de caracteres isolados de indivíduos, mas seriam diretamente voltadas aos desígnios desses atores, em determinadas circunstâncias.

— Pelo que li a respeito, inúmeras possibilidades surgiriam a partir de um roupeiro administrado pelo personagem Joarez — disse Sólon sem saber que logo o profissional seria substituído.

— Daí viria a possibilidade de nos teletransportarmos para o melhor andamento após os primeiros resultados do trabalho.

— Aí você já escapa do meu radar — disse o programador.

— É mesmo? — respondeu Nemo, mirando os olhos do outro com tanta convicção, firmeza e força de vontade hipnotizante, que até o fazia refletir melhor sobre o absurdo.

— E, mesmo que fosse viável, acharia seguro? Só por curiosidade! — disse o colaborador sem acreditar no que ouvia, mas tomado de certa expectativa.

— Acho, mas penso que deveríamos incrementar melhor essa possibilidade por medida de segurança — disse o autor convencido.

— E de que modo?

— Quem sabe a partir de um *password* criptografado, com autenticação simultânea de uma chave invertida, acessível por dois operadores para que o ingresso na cidade seja restringido ao máximo, porém facilitado a quem necessite evadir-se de volta do meio eletrônico.

— Há divergências nessa questão.

— Ou então, para facilitar o trabalho, ajude-me a desenvolver uma ferramenta para ambos os operadores.

— Ferramenta ou recursos para acesso personalizado, você diz!

— Sim, a partir da combinação de fatores de caracteres variados e pré-definidos no *password*, sequencialmente decodificado, num intervalo de tempo relativamente curto, pois, desse modo, mesmo que todo o sistema colapsasse, apenas teria acesso direto quem soubesse e, assim mesmo, apenas depois de várias repetições sincronizadas e precisas. Desse modo, as possibilidades de erro nas tentativas aumentam consideravelmente, assim como nossa segurança contra invasores.

— Parece estar se divertindo com isso — observou o programador surpreso.

— Não poderia dizer que não!

— Então, já aventa até a possibilidade de digitalização simultânea e combinada para que nenhum outro usuário tenha acesso livre a dimensões opostas?

— Para a nossa segurança, eu diria.

— E, obviamente, para que um dos operadores se convertesse em avatar sincronizado, como um ciborgue?

— Não, como um notário para o controle dos registros.

— O quê?

— É importante buscar soluções para o andamento do projeto.

— Vamos lá, então! Saindo do mundo fictício para melhor dialogarmos.

— Certo.

— A primeira dúvida que me passa nesse instante é se, por uma eventualidade qualquer, um de nós, ou ambos, falecessem? Seria o fim do projeto, naturalmente.

— Percebo que agora você ultrapassa o campo da hipótese para as possibilidades.

— Alto lá! Entenda isso como reação de quem apenas estaria propenso a jogar o seu jogo, e não a morrer por ele.

— Então, está cogitando o risco de, por se tratar de um mero experimento, não irmos adiante, por uma fatalidade?

— Exato!

— Nesse caso, o mais provável seria obtermos uma nova percepção fora do mundo, a possibilidade de descobrir que não jogamos apenas, mas já preservamos a consciência em outra escala sem barreira física alguma.

— Esse é um terreno perigoso de achismos.

— Se já se impressiona com a ideia, imagine a possibilidade de sobrevivência virtual para outros sistemas correspondentes e abertos em plena inteiração, a partir de processadores mais sofisticados de civilizações bem mais evoluídas no comando de nossos avatares, e tudo confluísse para uma explicação óbvia, que ultrapassasse as barreiras da lógica para decifrarmos a razão de nossa existência, ou a verdadeira realidade ampliada, e não apenas universal da vida eterna.

— O quê?

— O importante é que se sinta cada vez mais participativo e testemunha fiel dos desígnios de todos os personagens com quem passará a conviver intensamente.

— Concordo! Mas sempre delimitando o que é factível e o que não é para melhor nos situarmos.

— Perfeitamente, então! Pausa para o café! — sugeriu.

2

— Como eu dizia, nesse estágio damos continuidade ao processo com as configurações de rede até a desvinculação completa do hardware.

— Entendido o comando.

— Agora é necessário que afaste temporariamente a ideia do "Eu" determinante, desvinculando-se de si e de todas as lembranças relacionadas.

— Assim como outros jogos também nos fazem esquecermos de nós mesmos e de todo o resto?

— Falo sério e insisto que não veja esse trabalho como uma utopia, mas como uma real possibilidade de expandir a consciência livre.

— Como é? Então vamos mesmo jogar o seu jogo!

— Sim, alguma objeção?

— Aposto nele sob uma condição.

— Qual seria ela?

— Que não omita qualquer detalhe.
— Ah! Então é assim?
— É!
— Tome! — disse Nemo, abrindo outra janela virtual.
— Pera lá! O que é isso?
— Suas credenciais, pois minhas impressões já me credenciam a entender melhor o experimento.
— Agora, não me parece uma simples sugestão — comentou o programador.
— Sempre será, por livre escolha sua.
— E quanto a você?
— Eu parto antes! — disse Nemo com o ânimo radiante de uma criança.
— Mas uma curiosidade ainda persiste agora — disse o programador que tentava digerir a surpresa.
— Sim, fale!
— Referia-se, há pouco, a uma possível reversão e reabilitação de sua enfermidade, será que são essas suas reais expectativas?
— Não necessariamente, mesmo que ainda me convencesse de que a trama virtual bem serviria para restabelecer conexões neurais danificadas, mimetizando episódios críticos da vida, voltados para as melhores soluções dos casos.
— Certo, podemos tentar recriar essa utopia ao máximo, reproduzindo sensações de presença e de sentidos mais aguçados nos moldes de um avatar para caracterizá-lo, conforme está no tutorial.
— E não se esqueça do bigode — sugeriu o autor.
— O bigode, sim! Claro — disse o outro, rindo.
— Podemos dar início às cenas?

— Certo! Vamos tentar visualizar a história.
— Sim.
— Como seria?
— O surgimento de uma cidade pacata, numa escala dimensionada com as melhores impressões possíveis, ao lado de amigos, assim como nós mesmos nos tornaríamos cada vez mais próximos, depois de nos inserirmos como novos personagens.
— Só isso que você quer? — ironizou o outro.
— Sim — respondeu o autor com convicção.
— Assim até me convence que pode se tornar realidade!
— Ótimo! Pensando assim, até poderia adiantar-me e chamá-lo de Lemos?
— Combinado! De Nemo para Lemos, parece divertido, o pseudônimo.
— Sim, surtiria melhor efeito a partir de redefinições precisas e fidedignas no personagem Dr. Lemos, muito melhores, por sinal, como estou prevendo, além de suas funções habituais numa frequência bem mais elevada, depois da transição da matéria daqui para outro meio.
— Como se daria essa hipótese?
— Por meio de uma ponte de fótons, até que, da memória estendida, seja gradualmente desativada.
— Barbaridade!
— Então, vamos jogar?
— Certo! Prossiga!
— Então, contagem regressiva para o experimento! — disse Nemo, acionando uma combinação no teclado que parecia ter gerado um *boot* tão repentino que o parceiro nem se deu conta.

— Ei! Ainda está aí? — insistiu o autor.

— Peraí! O que é isso?

— Nada de mais, apenas uma plataforma para facilitar o jogo de um mecanismo de simuladores de conversão virtual, tenho uma equipe responsável de técnicos voltada apenas para inovações desse tipo — disse Nemo, rindo no instante em que o programador instintivamente retirava os óculos de realidade ampliada e olhava em todas as direções para entender o que ocorria, como se a reação possibilitasse se desvencilhar do clima lúdico que se estabelecia do próprio convencimento, gerado desde o começo.

— Não faça isso!

— Por quê? Estou sendo induzido, de alguma forma?

— Mantenha a calma e não se precipite.

— Quero uma explicação!

— Então, não retire mais os óculos, pelo menos por enquanto, pois fazem parte de você agora, como extensão do seu corpo.

Contudo, de onde estavam, a visão do programador se turvava e ele imediatamente percebia duas atmosferas distintas se fundirem a partir de um único núcleo de intersecção que trazia para o centro o novo ambiente virtual ampliado.

Assim, o programador quase caía da poltrona ao reparar que Nemo também surgia cada vez mais adiante, ainda voltado para ele.

— O que foi que houve? Não se sente bem? — perguntou Nemo, se fazendo de desentendido.

— Tenho a sensação estranha de deslocamento com movimentos a minha volta, isso não deveria acontecer.

— Por que não? Já lhe disse para não retirar os óculos.

— Mas qual a explicação lógica?

— Que é normal ser bombardeado de informações que não consegue processar do mesmo modo, apenas pelos sentidos precários.

— Então os manterei, desculpe-me!

— Sim, e não se preocupe porque não é nada de mais, apenas um teste! Continue conversando comigo!

— Okay!

— Consegue trabalhar assim, confortavelmente? Como se sente?

— Como se estivesse em um ambiente com imagens redefinidas e mais nítidas de todos os ângulos, somado a uma sensação de leveza e movimentação involuntária.

— De que modo, a partir de onde, quer dizer? Descreva-me!

— A partir de perspectiva limitada do horizonte virtual, o panorama parece se prolongar, o que pode me dizer a respeito disso?

— Que é apenas uma impressão sua — disse o autor sorridente.

— Muito engraçado! E o que mais?

— Que, em breve, também dará adeus aos óculos de grau, e a todos os demais sentidos remanescentes.

— Incrível como não se trata apenas disso, vejo padrões recriados que não obedecem mais a uma sequência lógica, mas recriada do imaginário, ou de uma vontade de como eu gostaria que a cena se desdobrasse.

— Então, temos a mesma impressão.

— Como assim?

— Acredito na viabilidade a partir da ideia trabalhada nesse *input*, originariamente criada por mim, e por você interpretada de forma subjetiva e distinta, de padrões alcançados apenas para modular a cena, até superarmos a barreira física, a partir de onde as impressões se fundem e tornam-se praticamente as mesmas, totalmente compartilhadas.

— Como?

— Veja como a vida se tornaria mais simples!

— Você fez isso tudo, criou o sistema operacional e a plataforma sozinho? — questionou Lemos.

— Perceba que a lógica vem apenas do jogo, cada vez mais viável no metaverso, e, finalmente, o que deve sempre ter em mente é que, não importa onde um ser humano tenha estado antes, no lugar mais improvável que pareça, outros poderão estar também?

— Sim.

— E quanto ao risco de falecer?

— Presumo que a memória nunca se apaga de onde quer que esteja.

— Nisso eu acredito plenamente!

— E, então, como se sente agora? — continuou Nemo.

— A percepção já não é apenas visual porque o Sol virtual parece invadir a sala inteira, o que faço agora? — perguntou o programador desnorteado, que, ao contrário do outro, perdia a noção do espaço e, cada vez mais, a lembrança recente, porque tudo girava redor dele.

Daí, o chão parecia se elevar e o teto descia, encurtando todo o campo visual, até se desvencilhar da dimensão física determinante a partir de uma nova janela virtual que se abria dos monitores e era incorporada por outra adiante, e mais outra, sucessivamente, até que tudo se estabilizasse em uma única dimensão determinante.

— Sinto-me agora como se fosse engolido!

— Não se preocupe com nada mais, apenas com as definições e em não perder de vista o personagem central, cuja essência é a mesma e deve ser preservada, onde quer que estejamos operando, o suficiente para permanecer no jogo e propiciar mais dinamismo à história.

— Eu sei, a opção foi minha, mas ainda posso raciocinar e optar, por enquanto, por trabalhar nos bastidores, como alguém que apenas não duvida — disse o outro como se conversasse com si mesmo.

— Não se preocupe por permanecer no mesmo lugar de antes!

— Certo! Mantenho-me assim.

— Entretanto, logo verá surgir a oportunidade de teletransportar-se.

— Afinal de contas, estou sendo abduzido ou o quê? — disse Lemos, e não mais Sólon, que aos poucos voltava à normalidade de seu ceticismo e via uma janela virtual minimizada se abrir na perspectiva recuperada de uma dimensão virtual mais próxima à de onde realmente estava.

— Cale a boca! — disse Nemo em tom de brincadeira para que o programador se situasse, relaxasse e voltasse à cena.

— Você é ousado mesmo, velho!

— Vamos lá! Consegue ainda acompanhar meus movimentos? Estou me distanciando mais agora... — disse o autor.

— Positivo! Não sei como fez isso, mas vou baixar daqui um atalho para facilitar o seu acesso invertido — continuou Lemos, demasiadamente ocupado em configurar saídas de emergência e parecia mesmo acompanhar o autor com muita facilidade, mas não se convencia totalmente.

— Perfeito! Já estou quase lá! Considere assim por enquanto e apenas faça me parecer real no contexto, da melhor forma possível.

— Combinado! — disse o outro.

— Vamos agora, finalmente, ao detalhamento da abertura do sistema para o meu acesso definitivo.

— O *login* propriamente dito — disse surpreso e sem conter a ansiedade para a etapa que parecia decisiva para que se convencesse.

— Sim, sugiro uma figura exótica no centro do monitor, que se altere na medida em que sejam habilitadas as funções de abertura que utilizamos.

— Ótimo, gostei!

— Certo.

— E qual imagem sugerida?

— Melhor que seja um totem no formato de uma planta.

— Nesse caso, faríamos acender-se, iluminando-se aos poucos, das raízes para os galhos, até a habilitação completa das funções?

— Sim, brilhante e cada vez mais acesa, como um holograma!

— Exato, como também um indicador preciso do tempo da abertura do sistema e da imersão completa, concomitantemente.

— Perfeito!

— E, desse modo, continuamos a baixar as descrições do livro já convertidas em imagens anímicas do cenário de Pilares, até que o jogo entre no modo automático.

— O quê?

— Não se preocupe com isso agora!

— Certo.

— Prossiga com a próxima tomada, o enquadramento do local onde surgirá a cidade, como um upgrade do manuscrito para a realidade virtual implantada, o que parecerá perfeitamente natural para trabalharmos juntos e mais concatenados nas definições de rede — orientou Nemo enquanto o programador pinçava elementos, direcionava e encaixava-os nos formatos com extrema facilidade.

— As imagens já aparecem dimensionadas e se encaixam sozinhas, como ilusões de ótica porque não são mais milimetricamente definidas em escala real.

— Pois, em breve, dos olhos apenas obteremos impressões ampliadas e muito mais tonalidades.

— Isso não existe porque, de uma forma ou outra, precisamos dos olhos físicos para trabalhar, meu camarada.

— Mas nunca precisamos deles para sonhar, ou você é daqueles que sonham de olhos abertos? — retrucou Nemo, animado ao perceber como o programador sentia-se cada vez mais provocado e instigado a contrariá-lo.

— Além do mais, não ouviremos com os ouvidos, apenas sutis vibrações serão captadas.

— Certo! E daí?

— Daí, nos restariam apenas os vícios que nos remetem a falsos sentidos da matéria desativada — prosseguiu o autor, dando uma pausa.

— Parece querer me impressionar — disse o outro.

— Então, diga-me, como se sente?

— Um pouco dormente, movimentando-me para frente em um túnel do tempo, e não poderia estar mais no mesmo lugar com esses óculos.

— E quanto à sensação física? Permanece a mesma de antes?

— Não, mas sinto formigamento em todo o corpo.

"Ele nem sequer desconfia que o acesso ao jogo é o canal franqueado para o induzimento de ideias enquanto ainda reluta em teletransportar-se", pensava o autor, ainda sem pronunciar outra palavra.

— Parece muito mais elaborado do que poderiam os algoritmos, a partir da resolução simples de combinação de fatores direcionados para resultados esperados, ou não, porque a inteligência artificial ainda carece de consciência.

— Vamos com calma!

— O quê?

— Pense menos e deixe o subconsciente trabalhar para captar melhor meus pensamentos de uma única impressão compartilhada daqui em diante, até nos apartarmos.

— E o que mais?

— Continue com o espetáculo! — disse Nemo, demonstrando entusiasmo.

— Vamos lá!

Conta-se que produtores da região dos grandes vales do Sul, situada acerca de trinta minutos da capital, vinham reunir-se num posto de abastecimento em que atravessadores descarregavam seus comboios e passavam a diversificar atividades com a montagem de um armazém conexo a um depósito subutilizado, que daria espaço a um botequim de quinta categoria onde conviviam carroceiros e viajantes acostumados com a comida barata e os salgados requentados, não fosse a cerveja gelada e a receptividade da população local para fazer de lá o maior ponto de contato.

A partir de então, a movimentação constante dava ensejo à formação de uma pequena comunidade bastante isolada dos grandes centros, imune aos apelos de um mundo moderno, calcado em falsos valores, puritanismos e preconceitos inconfessáveis das sociedades abarcadas pela tecnologia, que eliminava distâncias, mas impedia que se estreitassem verdadeiros laços de amizade.

Tudo parecia ainda mais anacrônico desde o posto de abastecimento, que não se manteria funcionando por muito tempo com a bandeira da Shell e o logotipo de um imenso tigre sorridente, como último baluarte de uma geração sobrevivente que conservava poucas lembranças, mas jamais se apegaria a saudades inócuas ou inconformismos injustificados.

3

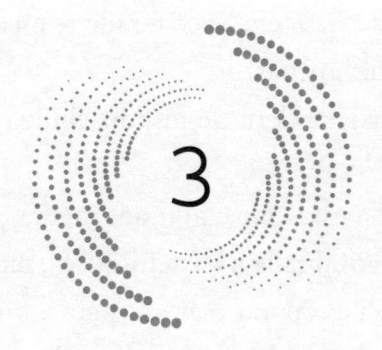

Muito bem! Em seguida, temos uma avalanche de conteúdo a baixar, além dos ajustamentos necessários para continuarmos.

— Pois, mande que serão de grande importância agora.

— Então, prepare-se que é a partir daí que seu trabalho evolui e difere-se de outros programadores.

— De que modo?

— Por suas prováveis habilidades de converter impressões dissociadas de cada dimensão.

— Impressões dissociadas!

— Bem, o que eu poderia adiantar agora é... — disse Nemo, coçando o bigode ao ser interrompido.

— Que tal falar um pouco do propósito desse experimento para estabelecermos metas mais assertivas.

— Desnecessário até nos ambientamos no Universo virtual, a partir da limitação gradual dos sentidos e da descoberta de perspectivas novas e diferenciadas.

— E isso, por acaso, implicaria desconsiderar ou acreditar que o mundo real é uma mentira?

— Se atingirmos essa meta, você terá livre escolha, como já disse.

— Escolha minha, apenas.

— Sim, quem mais poderia se responsabilizar por suas próprias escolhas? — disse Nemo.

— E, ultrapassada essa etapa, grandes mudanças ocorreriam?

— Exatamente, eliminada a barreira física, terá a sensação única de transmutação ao incorporar o avatar para a missão.

— Simples assim, vestindo avatares como luvas daríamos um *start* para iniciar o jogo? — questionou o programador incrédulo.

— Você ainda não se dá conta do significativo processo de transformação além de apenas habilitarmos plataformas virtuais sofisticadas de convivência num ambiente lúdico, não é mesmo?

— Evidente que não, pois você é único ou quem melhor poderia imaginá-lo.

— Pois apenas mantenha-se confiante e não ignore possibilidades de representação interativa de interfaces intuitivas nesse atual estágio.

— Quer saber?

— Sim.

— Ponha logo as cartas na mesa e conte-me tudo, vamos! — disse Sólon.

— Não funciona assim, meu caro! Mas concentre-se no cenário e tente não se lembrar do que ficou para trás e tudo será mais fácil.

— E o que mais diria?

— Esqueça as limitações físicas até que as impressões se renovem, desde a curta memória recente dos personagens, reconstituída da razão de outro tempo, como num filme que alimenta expectativas para as próximas cenas.

— Por acaso se refere a uma noção expandida da convivência no tempo e no espaço alterados?

— Não apenas assim, mas de relações mais consolidadas, longe de interferências e de amarras cerebrais do mundo físico.

— E daí em diante seguimos a lógica dos algoritmos? Tome cuidado, hein!

— Não se preocupe.

— Parece mesmo instigante, se leva isso a sério, como ignorar a ausência do risco da morte psicológica ou o próprio enlouquecimento definitivo — observou o programador, até certo ponto envolvido.

— Sim, jogamos com hipóteses prováveis por enquanto, da mesma forma que a ficção propiciou à humanidade realizações inconcebíveis no passado, como voar, caminhar na lua e enviar sondas pelo espaço afora, tudo em menos de um século, não seria nenhum absurdo a ideia, mesmo sem uma explicação detalhada. Posso continuar?

— Prossiga!

— Diga o nome de algum lugar onde um ser humano tenha estado que outros não pudessem estar também.

— Para que isso de novo?

— Mantenha sempre a lembrança — respondeu o autor.

— Assim como a velha ideia de que podemos tudo quando nos convencemos?

— Em grande parte, sim, mas, sobretudo, fará diferença a partir da primeira impressão genuinamente criada.

— Não lhe pareceria ilusório imaginar-se em algum lugar remoto em que nunca esteve antes?

— Talvez, mas, assim como a teoria da relatividade, somos traídos pelas próprias impressões.

— Por exemplo...

— Não poderíamos estar conversando aqui, presencialmente, há apenas 15 minutos, levando em conta tudo o que já foi tratado.

— Interessante essa abordagem, mas voltemos à parte prática, especificamente à configuração planejada das imagens paisagísticas e outros formatos — disse o programador Sólon.

— Certo! Vamos às informações pontuais baixadas recentemente — disse Nemo para o convidado, que confirmava com assombro o mesmo ícone do simulador de voo que havia acessado de outro lugar inúmeras vezes antes da amnésia profunda.

— Verificado! — asseverou Sólon com assombro.

— Agora quero saber se memorizou os capítulos iniciais fundamentais para a reprodução sistemática do contexto.

— Li com atenção em detalhes e já estão prontos para baixar.

— Ótimo! Um grande passo até sentir-se devidamente ambientado — disse Nemo.

— Continuamos, então, a parte técnica? — disse Sólon.

— Sim, por enquanto, mas, por falar nisso, devemos habilitar um antivírus super eficaz.

— Naturalmente eu já havia pensado a respeito e poderá até surpreender-se com o novo sistema de varredura automatizada bem completo, testado pelos meus desenvolvedores e disponível para baixarmos agora mesmo, o que me diz?

— Sim, mas lidamos com riscos cada vez piores e constantes — disse Nemo pensativo.

— Fique tranquilo que o sistema conta com atualizações modernas e protegidas para que o programa jamais seja acessado.

— Sim, e por falar em ameaças futuras, eu tenho uma ideia.

— O que tem em mente?

— Refiro-me a um antivírus específico para memórias seletivas que o ajudaria a baixar o conteúdo do programa conforme se sucedem os fatos, como um mecanismo de recuperação instantânea de dados, combinado com as varreduras automáticas, lembra-se?

— Que você concebeu da própria imaginação, é o que está dizendo?

— Exatamente.

— Mas submeteu a novidade a um técnico ou engenheiro de redes, pelo menos?

— Naturalmente, já obtive a aprovação para testá-lo e no momento oportuno será revelado — disse Nemo.

— Mas a criatividade não é de fácil execução, não é tarefa simples e demanda tempo, devo alertá-lo — disse o programador espantado com a pretensão do leigo.

— Creio que não teria dificuldades de me acompanhar, pois me pareceu muito simples e contextualizado!

— Contextualizado? O que está tentando dizer?

— Refiro-me ao personagem remoto encarregado de administrar a ferramenta.

— Quer dizer, fala de um personagem já existente para gerenciar esse recurso ainda em fase de experimentação?

— Sim.

— Como um encarregado para improvisações necessárias no roteiro? — perguntou o programador desnorteado, tentando entrar na *vibe*.

— Viria como um coringa ou personagem secundário que não estaria em evidência e não necessitaria de capas e indumentárias como os outros avatares para caracterizar-se.

— Muito bem, levarei a cabo o andamento cronológico da parte executória, mas foge ao combinado e ao que eu havia previsto.

— Vamos lá! Para você é tranquilo, levando em conta sua capacidade de invadir sistemas, o que veio, inclusive, propiciar que desenvolvesse e aperfeiçoasse os testes de unidade para a checagem de assinaturas de entrada e saída que planejamos há pouco.

— Certamente, mas, perdoe-me a curiosidade, já teria alguma ideia ao menos do enquadramento do suposto personagem oculto no *script*?

— Sim, tenho onde inseri-lo.

— E de que modo? — disse Sólon, que se sentia às vezes conversando com uma criança mimada, porque, para o cliente milionário tudo era possível; pegar carona em um disco voador e até reverter a própria senilidade, se não fosse apenas uma artimanha confabulada.

— De várias maneiras, não faria tanta diferença.

— Talvez, em breve, apresente-se a você como Moisés do alto das montanhas para algumas passagens — disse Sólon com vontade de rir.

— Você está brincando? — disse o autor surpreso.

— Estou mesmo, me desculpe!

— De onde veio esse incrível *insight*, quase uma premonição?

— Fala sério?

— A primeira ideia que tive foi estabelecer uma referência dele com as montanhas, munido de outras habilidades, além do pré-requisito da função que viesse adquirir.

— Façamos um parêntese aqui, pois, em última instância, trata-se de uma ferramenta funcional que está propondo, esse é o detalhamento que necessito, mas não das qualidades desse avatar que até me desperta a curiosidade.

— No caso, o personagem seria munido de habilidades para disfarçar-se, como outro secundário, de sua verdadeira função, que seria trabalhar na recomposição de trechos.

— Então, a ferramenta personificada retém memórias armazenadas de um trecho suprimido, mesmo que não tenha sido salvo ou perdido da obra inacabada?

— Sim, mas voltado para circunstâncias alheias a serem redefinidas no momento oportuno.

— Como um repositório de impressões perdidas...! — disse o outro, rindo.

— Exatamente! — respondeu o autor com propriedade.

"Mas o homem é louco mesmo...!", pensava o programador sem pronunciar uma palavra a mais, certo de que não haveria possibilidades sem um comando externo. Até porque a máquina não substitui a inteligência humana.

— E como atuaria o tal personagem?

— De forma bastante engenhosa, você verá!

— Silêncio! O que foi isso? — disse Sólon assustado.

De repente, algo imprevisível escapava ao controle do programador, pois a sequência de cenas rolava com incrível velocidade nos monitores, bem adiantada do ponto onde estavam, a partir do cenário inacabado, que surgia e se apagava em sequência da tela, para outras cenas, mesmo sem terem sido configuradas, até a tomada em que o mordomo vinha receber na entrada do bar outro cliente já bem caracterizado na imagem padrão de um avatar e, incrivelmente, com a mesma fisionomia de Sólon.

— Parece que o sistema está corrompido ou infectado e tudo rodando sem parar.

— Está surpreso, então? — disse o autor impassível.

— E não deveria estar?

— Sim, observe agora que foge ao seu comando com imagens sequenciais que nem foram por você projetadas — disse Nemo.

— Eita! Está se ajustando agora e voltando de onde paramos, mas ainda me causa arrepios a aparência daquele personagem na companhia do mordomo — disse Sólon.

— Parece mesmo estranho como você não se reconhece! — disse o autor, fingindo-se consternado.

— Concordo que foi bem-sucedida a tentativa de me assustar! Como conseguiu esse feito? Utilizou a câmera?

— Em breve saberemos.

— Você previu tudo desde antes, por acaso?

— Em grande parte sim, na minha obra.

— Mas, como estariam já na nuvem as informações, sem terem sido trabalhadas por mim?

— Ou viriam do futuro, no instante de seu surgimento em outra perspectiva, o que acha?

— Isso é terrível! — disse Sólon cada vez mais estarrecido.

— Terrível como? O que importa é como você bem se projetou no papel de um nobre notário, a partir das impressões adquiridas.

— Você é que deveria ter dito antes como surgiu essa ideia executada com tamanha rapidez.

— Parece complexo, mas é muito simples de explicar.

— Então prossiga! — impacientou-se o programador.

— Ora! Ora! Nem desconfiou que seria como um localizador de texto, a partir de palavras-chave, pois capturamos essa passagem de uma circunstância futura e aleatória quando questionou "como ele, o mordomo, agiria na prática". Daí surgiram as ações e o personagem que não foi criado nem planejado, já devidamente contextualizado, como simples palavras num texto!

"Louco de pedra!", voltava a pensar calado e abalado o programador porque era melhor que fosse o autor, e não ele, que tivesse enlouquecido.

Embora o jogo, cada vez mais arquitetado, parecesse instigante o aparente absurdo cedia espaço a uma espécie de fascínio inconfessado porque manteria sempre uma postura prudente e conservadora, diante do autor.

— Como foi capaz de produzir minha imagem tão melhorada em um avatar?

— O seu aspecto, e todas as demais referências mantidas na imagem, vieram de outras perspectivas, avançamos e regressamos do futuro breve, e, para isso, basta verificar que as impressões já se apagaram do sistema e não foram armazenadas — explicou Nemo.

— E tais impressões, de onde vieram se nem iniciamos o jogo, de um repositório de impressões perdidas?

— Não poderia explicar por enquanto, mas posso dizer apenas que estará ativado nessa circunstância.

— Por favor, compreenda! Tenho um trabalho complexo de tentar formatar seus sonhos, por que deveria também me incluir nessa história se posso muito bem trabalhar de fora, aqui nos bastidores? — questionou Sólon perplexo.

— Sim, reconheço o esforço, mas não seria o suficiente, considerando os resultados que obteríamos.

— E, pensando assim, você também não deveria atribuir-se um avatar ou concentrar-se mais nele, como autor ou narrador desse drama?

— Eu não teria esse problema e você vai verificar o motivo em breve.

— E sobre a possibilidade de um programador se converter em notário numa cidade virtual? Tais funções não me parecem tão compatíveis.

— Verá que sim.

— Vamos lá, então, prossiga!

— Ótimo! Podemos explorar melhor essa possibilidade agora.

— De que modo?

— Para começar, dimensione a configuração da sede de um tabelionato, propriamente do cartório onde será investido no cargo de tabelião para libertar-se aos poucos da missão de operador e desenvolvedor de aplicativos no ambiente externo e passar a operar em outra dimensão nos registros, depois da transposição temporária que lhe permita jogar e acumular as duas funções indefinidamente.

— Muito bem, e onde guarda as informações desse prospecto, estão também na nuvem?

— Não, estão no ícone com o desenho de um carimbo, veja!

— Bacana! Bem sugestivo, mesmo!

— Então gostou?

— Gostei da ideia.

— Aí estaremos no mesmo nível e em condições de operar melhor, como num sonho, caso se convença disso, é claro.

— Então, supondo você que pudesse se projetar e manter-se próximo a mim, ambos no mesmo ambiente de rede, o que eu deveria fazer em seguida?

— Você deve ir imediatamente ao bar me procurar, depois de devidamente enquadrado no contexto.

— E onde pensa que estamos agora, até conseguir chegar a essa fase? — disse o programador confuso.

— Não interessa tanto o ambiente, mas, de início, apenas direcione a vontade nesses óculos de realidade virtual até quando estiver certo de que pretende ir adiante até o destino, na razão do tempo e dimensão exatos de seu convencimento.

— E qual dimensão acredita que atingiríamos?

— Talvez bem próximos da quinta dimensão, ao perceber que uma barreira se rompeu, daí novas conexões e atores virão encontrá-lo para trabalharmos em sintonia.

— Então, devo pensar como um mutante e já tenho um pseudônimo?

— Não, você e eu daqui desativados, assim como outros congregados, jamais seríamos mutantes de estadia breve, não leu o roteiro?

— Está nas orientações, mas pulei essa parte técnica porque não cogitava tal possibilidade — disse Sólon.

— Não seja taxativo demais, pois deve pensar apenas que redimensionamos o nosso convencimento de que o poder de imaginar subverte a razão pura de ser das coisas.

— Peraí...! E agora?

— Pausa para o café antes de prosseguirmos — disse o autor, que levava o convidado a uma parte da sala, com poltronas confortáveis, logo adiante, porém, disfarçada por um jogo de espelhos que refletia o restante do ambiente.

Ali a estrutura circular que servia de anteparo dava a impressão de ser mais alta ou mais baixa, conforme a regulagem das poltronas, e de que não estavam no centro, mas, do lado oposto de uma espécie de balcão circular, situados em uma reentrância voltados para as janelas convertidas em monitores, e, no final, perceberiam ainda que as demais poltronas eram quase as mesmas e só se diferenciavam por serem um pouco mais largas e confortáveis.

Em seguida, Nemo fazia funcionar a velha cafeteira supitante para outra pausa necessária antes de prosseguirem.

4

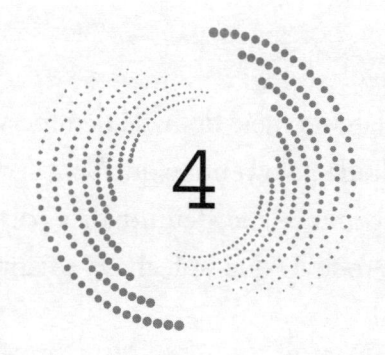

— Então, que tal contextualizar agora a comunidade inteira? — disse Lemos.

— Perfeito! Estamos próximos de romper a barreira física do imponderado.

— Como é que é?

— Tudo a seu tempo, companheiro! Continuemos padronizando a narrativa — disse o autor.

— Mas, como disse, estamos próximos?

— Sim, você duvida?

— Não é questão de duvidar, você detém a prerrogativa de imaginar o que quiser, assim como em outros jogos de realidade virtual, temos a sensação de perambular no meio cibernético, apenas não somos capazes de fixar sua consciência em lugar algum fora daqui, pelo menos enquanto ainda estiver vivo.

— Será que não? Se é o que acha mesmo, vamos adiante com a narrativa.

— Combinado!

— Então, prossigo!

A visão de um platô no meio do nada denunciava uma obra colossal inacabada, esculpida pelo vento e que bem serviria de plataforma para uma pequena comunidade, delimitada a partir da bifurcação de um largo trecho de rodovia que se fechava adiante em continuidade da estrada principal.

Se antes parecia de fácil acesso, depois de formada, a cidadezinha mais parecia uma ilusão de ótica, que surgia e desaparecia iluminada entre os morros à visão entrecortada dos viajantes, que, muitas vezes, se aventuravam sem nada encontrar por ali e até já afirmavam que os poucos que lá chegassem desapareceriam para sempre do resto do mundo e da memória da humanidade, talvez os mesmos que afirmaram um dia que nem os satélites poderiam mais interceptá-la, com exceção de um andarilho, teleguiado apenas pelos instintos para tornar-se de fato o seu real descobridor, e ainda se relatavam muitas outras estranhezas, como as formações arbóreas que surgiram quase instantaneamente sem serem plantadas, o que pareceria impossível, em vista de um relevo estéril e de superfície rochosa.

Entretanto, surgiram do nada e perfeitamente alinhadas pelas extremidades, distantes de outra mais isolada que ocupava o centro do platô e muitas vezes até era confundida com uma miragem, porque, ao contrário das outras, surgia e desaparecia no mesmo lugar, numa posição cardeal privilegiada e equidistante dos limites da pequena área.

— Onde prefere situá-la, afinal? Você é o dono da história — disse o programador, interrompendo a narrativa.

— Aí mesmo, bem ao centro, na posição ideal e perfeita para a abertura.

— Como assim? E agora?

— Prossiga dando ênfase especial nesse arbusto e verá o resultado.

— Parece instigante!

— Perfeitamente! Vamos compartilhar as primeiras impressões reais a partir de agora.

— Impressões magnetizadas, você diz?

— Deixe comigo esse detalhe, e, se algo parecer guiar a sua mão na elaboração desse formato, não se espante.

— Parece mesmo insano isso!

— Não! É a pura realidade e devo preveni-lo de que os próximos parágrafos não serão narrados porque devemos nos concentrar agora.

Assim, o programador interrompia o trabalho de produção e resolução das imagens e logo surpreendia-se ao perceber que não eram mais estáticas, mas com movimentos e alternância involuntária de formas, como se inicialmente a árvore fosse tocada pelo vento de impressões leves e sugestivas do autor e, progressivamente, em detalhes cada vez mais perturbadores, compartilhassem as mesmas pulsações periféricas que reproduziam o mesmo compasso de seus próprios batimentos, assim como a sensação virtual estranha dos pés fincados pelas falanges, que se alongavam cada vez mais no solo.

Mas a emanação dos sentidos humanos ainda se ampliava naquele molde, até que a impressão plena do arbusto adquirisse funcionalidades semelhantes às de um organismo humano, no mesmo ritmo da seiva elaborada proveniente das raízes até as extremidades dos menores feixes de tecido vascularizado das folhagens, numa escalada crescente e ininterrupta de reações químicas em cadeia que traduziam a luz solar em verde esplêndido só para manter funcionando o complexo organismo na mesma frequência para abrigar a mente do autor.

— Não previa esse detalhamento todo para a abertura, o que está ocorrendo aqui? — era a leitura que o programador fazia das impressões trocadas.

Então, Sólon, vidrado na tela, acompanhava surpreso as primeiras evidências de uma imersão magnetizada quando as raízes se iluminaram, de repente, da base até o último galho, como uma cópia fiel dos mesmos feixes de tecido vascularizado por onde a vida fluía e se propagava de outra extensão e formato correspondentes, daquela vez bem semelhantes, no aspecto, às conexões neurais e sinapses das artérias cerebrais bifurcadas no traçado similar à fisiologia de cada folha da estranha planta.

Daí, acendia-se por inteiro até o último segmento e apagava-se depois, aos poucos, para que algo em seu lugar ressurgisse do nada, com aspecto humano de um vulto disfarçado no formato do mesmo tronco, cujos braços se abriam como uma imensa sombra de extensos galhos ramificados estendidos e cada vez mais parecidos com mãos erguidas para o alto, que se fechavam em louvor de agradecimento a Deus pelo milagre que ambos acabavam de testemunhar.

Assim, com a mente impressa e totalmente mimetizada, Nemo finalmente se transportava, como se dali fosse possível operar-se o milagre do molde elementar de uma planta, que não servia apenas como um totem de abertura do sistema, mas também para gerar um ser humano no meio cibernético, em fase já adiantada de vida.

— Vivaaa!!! Estamos finalmente conectados!

— Não é possível! Que loucura é essa? — disse Sólon, olhando para os lados para identificar o outro corpo que deveria estar ao lado.

— Nada de tão extraordinário, meu caro! Minha consciência livre se transportou agora apenas de uma impressão criada e permanece fixa e bem melhor daqui reconectada, embora ainda mantenha daí o corpo funcional e inconsciente com mínimas funções vitais — disse o autor entusiasmado, imbuído da mesma criatividade compartilhada que transpunha os limites da razão pura e teleguiada para a ambientação completa.

— Cuidado! Não é apenas um jogo e não deve arriscar-se tanto! Reabilite-se de volta, vamos! — gritava o programador boquiaberto e com os olhos grudados na tela para não perder a cena que se desenrolava.

— Calma! Está sob controle, acredite!

— Sem palavras! O que eu poderia dizer além de impressionar-me, Nemo? — dizia o outro.

— Apenas que funciona e a você também será dada a oportunidade quando vier para o jogo. Como se sente?

— Minha mente parece quase sugada e não consigo arredar os olhos daí, a partir do processador.

Realmente, Sólon não poderia negar que era Nemo quem ele enxergava do outro lado, a partir do hardware, ainda estático e voltado para o outro meio, que se expandia com muito mais facilidade, com o autor totalmente configurado ali ou transfigurado das velhas ideias e do falso senso de realidade adquirida do mundo perdido, antes alimentadas dos rancores e arrependimentos de tantas mentes confusas, dos falsos juízos, falsos valores e falsos profetas.

Tudo não se justificava mais além das impressões autônomas, que não seriam mais únicas, mas obtidas de outros semelhantes na comunidade ideal e bem planejada de Pilares.

— É incrível testemunhar a conversão dos sentidos básicos, mas como conseguiria manter-se ou desvencilhar-se do sistema, caso desistisse ou precisasse retornar? — questionava Sólon.

— Pelo mesmo processo invertido.

— E os outros personagens, como surgiriam?

— De uma matriz única, evidentemente — dizia ao programador, que, por sua vez, captava vibrações bem mais definidas de outra voz.

Contudo, já não se revelava apenas como um avatar calcinado no sistema porque parecia muitas vezes de lá também perceber o corpo originário e inerte, com olhar vidrado, assim como o programador ao lado, ainda quase hipnotizado com a cena, a acompanhá-lo, e a quem também dizia, ao final:

— Daqui me despeço agora e parto da razão para o imponderado, do hardware para o software, em busca da verdade e de melhores resultados.

— Melhores resultados?

— De impressões mais compatíveis e teleguiadas, a verdadeira energia que flui, livre e renovada do entusiasmo que não se materializa apenas de desejos limitados, ou de nossos parcos sentidos.

— Nem imagino, apenas tenho uma vaga ideia de como deve estar se sentindo agora! — eram as únicas palavras que Lemos pronunciava para tentar entender melhor o processo de transmutação do espírito compilado para o jogo a partir do corpo inerte e aparentemente sem vida, deixado para trás como um despojo, que logo passaria a feder ao lado dele.

— Melhor, muito melhor — respondia o autor.

— Eu também não deveria permanecer aqui ou será que valeria arriscar-me para entender essa proeza? Isso não pode ser real! — admitia com franqueza.

— Você é quem sabe.

A perspectiva se modificava, embora o horizonte ainda se revelasse o mesmo, distante para o navegador, a partir dos quatro pontos cardeais que se abriam em outro panorama, bem diferente e de cores nunca antes reveladas.

Entretanto, mal se deram conta de que a inicialização perfeita da imagem carregada e irradiante do totem daquele arbusto fazia ainda mais janelas se abrirem e se fecharem de ícones espalhados por todo o céu da paisagem do monitor enquanto ambos se mantinham cada vez mais apartados em realidades distintas e opostas.

Lemos, ainda vidrado, mantinha sinais do personagem, que se afastava e tornava-se cada vez menor à distância no enquadramento da tela, até confundir-se com outros elementos no panorama, que se abria em sequência no prolongamento dos monitores e automaticamente apagava todas as tomadas recentes, pelo menos por enquanto.

Até que ele próprio se sentisse absorvido, com muita facilidade, de outras janelas de paisagens configuradas apenas de pensamentos inusitados, como ideias que pareciam compartilhadas sucessivamente, de um propósito construído, mantido e descartado em rearranjos, como as cartas de um baralho bem organizadas.

"Mas é apenas uma impressão", já pensava.

Entretanto, o filtro parecia ser a hesitação do programador, que ainda não conseguia processar da mesma forma o imaginário do autor, sem uma interpretação lógica, e, desse modo, perdiam a interlocução que se estabelecia e faria ambos se frustrarem, pois, sem aviso algum, o programa se fechava num terrível *blackout* no vazio e levaria algum tempo para recuperarem a memória salva automaticamente de algum ícone.

Tudo parecia quieto e parado no breu, diante da perda das impressões teleguiadas de todos os sentidos remanescentes, até que, do outro lado, o autor fosse capaz de distinguir o único som distante e inconfundível do dedilhar do teclado, acompanhado da imagem central do totem, ressurgida no centro do platô e iluminando-se novamente, à medida que todas as conexões se restabeleciam simultaneamente, o suficiente para confirmarem que o *login* acabava de ser testado e funcionava perfeitamente.

— Você fez isso de propósito!

— Sim.

"É demais para um pobre mortal e nem me surpreenderia de ter enlouquecido de vez", pensava Lemos enquanto via o autor desaparecer e ressurgir de longe de um ponto específico, que ia tomando forma conforme se aproximava, com a intenção aparente de transmitir-lhe algum recado.

— E o resto? — vinha finalmente a indagação na voz metálica e robotizada de seu avatar, que ora disfarçava outras características suas, ora evidenciava-as com clareza, erguendo freneticamente as mãos para o céu, como uma formiga reclamando atenção, o suficiente para que Lemos desse mais um *input* e calibrasse imagens projetadas e mais adequadas do manuscrito para os próximos eventos.

Tantas estranhezas eram demais para um só dia de trabalho, além da constatação de que a memória de ambos parecia atrelada e alimentada das mesmas impressões ditadas naquele jogo, embora dissociadas apenas para se distinguir o operador de seu boneco virtual, que parecia gozar de autonomia bastante para uma existência condigna, talvez mais um motivo para a própria habilitação virtual imediata — pensava Lemos cada vez mais vidrado e fora do mundo dos mortais.

No entanto, ainda se mantinham bem sincronizados em dimensões opostas, rodando o máximo de informações selecionadas do passado remoto do idealizador do programa, assim como de novos atores, que viriam de impressões ditadas de futuros registros.

De qualquer forma, seria prudente verificarem se o sistema havia sido de fato corrompido ou afetado pelas interferências de conexões abertas a partir de novas estações de trabalho porque a mais ninguém deveria interessar a história e muito menos os propósitos do experimento, depois do pacto de confidencialidade firmado entre ambos, isso pelo menos era no que acreditava o programador, que baixava, em seguida, ainda mais conteúdo modulado em profusão de cores e formatos, como peças de quebra-cabeças que pavimentavam o caminho a partir das capturas de tela, desde o impulso inicial de Nemo para manter operante a indução ou autoindução teleguiada, desde que havia fincado ali suas raízes.

Nenhuma evidência ainda era o suficiente para voltarem a se concentrar no panorama do chapadão quase deserto que precedia a formação da comunidade, e assim notavam surpresos as mudanças, como evidenciavam os demais arbustos, que já adquiriam aspectos mórbidos de torres ou pilares enegrecidos, espalhados no chapadão, como peças de um tabuleiro de xadrez a indicarem movimentos alternados, com uma delas ao centro e ligeiramente adiantada das demais para demarcar o próximo movimento ou quadrilátero onde transcorreriam os principais eventos da cidade misteriosa.

Desse modo, o programador não tinha mais nada a fazer do que permanecer trabalhando e, assim, munia-se de algumas anotações específicas para converter imagens, mantendo os mesmos óculos de realidade virtual ampliada como uma extensão dos sentidos, que dimensionavam o panorama e absorviam o fascínio das cenas protagonizadas pelo autor, embora sem mais nenhum comando extra da conexão que se estabelecia entre ambos, pois convergiam para o único plano bem traçado do enredo, sem a necessidade de perguntar quais seriam os próximos passos, assim como o trabalho de verificação rotineira da ordem de ícones espalhados pelo papel de parede que seriam sucessivamente pinçados e desdobrados do céu virtual.

Assim, embora os comandos parecessem cada vez mais disponíveis e automatizados a partir de algoritmos que Sólon desenvolvia, a confiança gerada era tamanha que chegou mesmo a pensar que teria a mesma autonomia de um operador, mas logo cairia em si.

Entretanto, algo não parecia correto e a simples incompatibilidade de visões desse cenário era interpretada como uma possível anomalia flagrante na inversão de comandos do hardware para o software.

E imediatamente era acionado um antivírus com o alerta de bloqueio para o rastreamento imediato do possível dano enquanto o autor, resoluto, ia mesmo assim adiante, aos olhos do outro, estarrecido, cujos movimentos pareciam cada vez mais lentos e afetados, como verdadeiras amarras de proteção originárias de outro meio.

Ele demonstrava toda a resistência em seu intento de permanecer no sistema e prosseguir na mesma direção até que seu avatar fosse catapultado para o céu virtual, como uma formiguinha perfazendo uma órbita elíptica perfeita e pontilhada em direção ao ícone da lixeira, onde provavelmente seria incinerado.

Em seguida, imagens iam surgindo no formato de hologramas, das espécies de vírus prováveis e das respectivas origens, tomando a tela inteira antes da varredura completa até a última figura terrificante com a caricatura de Nemo surgir na carcaça de um aracnídeo de oito pernas, o que, num primeiro instante, pareceria uma sentença de morte, embora o espaço de armazenamento criado evitasse o risco maior de que o autor fosse literalmente desintegrado. Até que, finalmente, Sólon escutava um murmúrio, daquela vez bem ao lado dele:

— Oh! Os óculos... Ponha os óculos... — dizia o autor que logo desfalecia de novo.

— Você não deveria estar aqui, não é? — respondia o outro, que às vezes se esquecia de que o comandante em carne e osso estava ao lado, mas inconsciente e com os sentidos desativados.

E presumia que ele quase se recobrava se não tivesse por onde escapar, e se mobilizava para solucionar a pane o mais rápido possível.

— Ah, sim! Pelo menos não morra deste lado para não me dar trabalho — dizia ele para si próprio com péssimo senso de humor, sem ainda obter nenhuma resposta ao lado, além dos espasmos de quem parecia apenas fingir.

Contudo, algo como uma estranha certeza sugeria que o autor não regressaria jamais e apenas se esforçava para reverter o processo e retomar a cena do exato instante em que havia sido capturado, mas uma extensão de si ainda resistia como se estivesse amarrado a um peso de que não conseguia se desvincular e continuava tentando até que a dificuldade cedesse à resiliência e se libertasse da inércia, com a sensação triunfal de deixar cair no chão algo bem mais denso e pesado do que as roupas, mas o próprio corpo ainda em transe, cada vez mais rígido e estático como uma pedra.

— Mas que corpo, afinal? — perguntava-se, em seguida, o personagem, que se apalpava e parecia querer exibir-se assim cada vez mais para o outro, totalmente aliviado de ter se livrado dos sentidos precários do corpo comprometido, e, acima de tudo, confiante, deixava-se levar pelo entusiasmo do espírito explorador e repassava as mesmas impressões ao programador.

Entretanto, o que mais importava naquela hora era não pensar e apenas seguir adiante daquele trecho ignorado da história e tudo se justificar como em qualquer jogo, de onde o raciocínio dava lugar a soluções espontâneas, ditadas de algoritmos, para os próximos eventos, de forma a permitir que a consciência cada vez mais se desdobrasse para além de um sonho teleguiado.

Daí, o panorama de fundo já não operava tão claro de um céu radiante no decorrer do dia, desde a magnífica sala onde se confinava o operador, capaz apenas de perceber que o Universo virtual não se abria na dimensão mais fidedigna e não virtual apenas, em diferentes fases do dia pela posição do Sol, o tempo transcorria com muito mais rapidez enquanto permaneciam dando voltas e lançando zooms para não perderem cada detalhe das cenas que ainda estavam por vir.

Contudo, o autor mantinha o programador em seu encalço, como se não fosse apenas um truque, até que a noite chegasse e levasse com ela todas as cores e formas da natureza e, no final, restasse apenas um par de luzes oculares pelo céu como holofotes na escuridão, deslocando-se com extrema velocidade em várias direções, até obterem a tomada ideal para o rearranjo das ações planejadas e para o arremate de padrões matematicamente traçados para a arquitetura da cidade.

"Tudo quase pronto", pensava Nemo, decidido naquele instante a deslocar-se até a ribanceira rente à estrada e dali permanecer caminhando até obter a melhor vista do município a brilhar repleto de luzes sob seus pés, no platô ou plataforma elevada, de onde parecia até flutuar no imenso breu totalmente à deriva pelas escarpas, como um gigantesco transatlântico sem destino na escuridão profunda e oceânica.

Então, de lá, a noção de ambos se perdia finalmente em poucos minutos, meio século depois, na casa de diversões.

— Concluído o marco temporal — atestava alguém do mesmo par de holofotes que subia e baixava, aumentando e diminuindo o foco, o operador também parecia ansioso para ir além e dar vida à cidade.

5

SEIS GRAUS MARCAVA O MEDIDOR DE UMA DAS RUAS QUE SE EStendia até os limites de um paredão rochoso que costumavam denominar de último dos três pilares, que franqueava a passagem para o lugar onde habitava a paz, com grande variedade de flores multicoloridas que jamais serviam de oferenda para os mortos, pois brotavam espontaneamente ao redor das lápides perfeitamente alinhadas das sepulturas identificadas por rostos incrustados em bronze. E, assim como a imortalidade era um fato em Pilares, vidas não se interrompiam por lá, assim como flores não eram ceifadas e apenas serviam de prenúncio aos que vinham despertar das cinzas e radicarem-se definitivamente onde o passado se perdia no esquecimento e não deixava mais rastros, além de um novo recomeço.

Seguindo adiante, um magnífico bosque ainda se abria como um túnel infinito para os que vinham desembocar dos sonhos, aquele era o limite, de onde apenas restavam as crenças ou suposições vagas do mundo terreno de que seria uma cidade fantasma e não teria nenhum outro atrativo, além de saudades e inconformismos eternos, em virtude de impressões que ali se acumulavam.

Porém, na direção oposta, em semelhante traçado, corria outra rua paralela, que ia dar numa igreja, perfazendo a mesma distância, no mesmo perímetro, a partir do *saloon* que ocupava o centro, ao lado de outros estabelecimentos bem localizados.

Contudo, a igreja tinha certas peculiaridades que iam além dos ideais de congregação das missas, ritos e liturgias celebrados dos que também vinham agradecer a Deus por seus apegos e hábitos criados de fantasmas errantes, pois, apesar de valor histórico quase inexistente, que não remetia a época alguma ou a outro período mais recente da história, como a era colonial, tão evidente nos estilos barroco, rococó e neoclássico, a igreja inspirava de outro modo as tradições pelo estilo único e menos rebuscado, marcado pela decoração de poucos afrescos, com espaço generoso e arejado que propiciava a todos se reunirem lá a um só tempo, diante de um altar esplendoroso de onde viam levitar o redentor na cruz erguida de mais de três metros, com a expressão tão sofrida no rosto como jamais se vira e até levava muitos a indagarem a autoria do trabalho para renderem as devidas homenagens ao artista que optara por manter o anonimato.

A partir do altar, mais para o centro, de um pé direito de mais de seis metros de altura, pendia ainda um imenso e suntuoso lustre de cristal espiralado de mais de uma tonelada e meia, sustentado apenas por três finos cabos de aço, quase invisíveis, mas que ninguém jamais temia que desabasse, decerto porque na casa de Deus não haveria preocupação maior que a remissão dos próprios pecados. Mesmo assim, regozijavam-se ainda mais os fantasmas fiéis ao presenciarem o acender de todas as lâmpadas porque a claridade era ainda mais intensa que a do Sol, como se da noite viesse o dia instantaneamente, num estalar de dedos, ou seria mais um milagre do firmamento para abreviarem o tempo.

Contudo, fora as artimanhas do autor naquele enredo, o clima fora de lá era instável e sempre permanecia assim em decorrência do relevo montanhoso, que dificultava a dispersão das nuvens até o alvorecer, num dos lugares mais frios da região Sul, sem nenhum atrativo aparente aos viajantes da BR-116, que corta o Brasil de Norte a Sul, embora alguns raros desafortunados ainda perdessem o rumo e até a própria vida ao se depararem com aberrações inimagináveis nem nos piores pesadelos, como eram considerados os vírus cibernéticos de impressões corrompidas que desvirtuavam a memória virtual coletiva, o que correspondia a uma sentença de morte ou à perda completa da identidade para todo o sempre, dentro e fora do sistema, a alguns invasores.

"Incrível essa noção ampliada dos sentidos parecer tão lúdica e fascinante apenas das impressões intensificadas a ponto de absorver a consciência de todos", pensava Sólon espantado.

Entretanto, ainda mais naturais e espontâneas, viriam outras se firmarem a ponto de fazê-lo lembrar-se da mesma frase, de que "a qualquer humano que se encontrasse no lugar mais impossível ou improvável, um outro semelhante haveria de estar também".

Assim, finalizava a formatação para mais uma pausa enquanto aguardava o posicionamento de Nemo, que seria crucial para a sequência dos próximos eventos porque só teria acesso ao *saloon* se estivesse ambientado, o local onde Nemo permanecia a maior parte do tempo, e, como já havia estipulado, só o credenciaria de lá após a fundação do cartório.

Até que, sem obter resposta alguma para as próximas ações, sentia-se também inclinado a ir adiante ou na iminência de romper todas as amarras do imponderado para desbravar aquele Universo e reencontrarem-se de novo, mas como? — perguntava-se Sólon.

Imediatamente, surgia flutuando na tela um emoji sorridente, desdobrado na opção de um *chatbot* com os dizeres: "Olá! Tire aqui suas dúvidas"! Ao que digitava:

"Nemo, como posso acompanhar seus passos?"

Em seguida, o emoji desaparecia e fazia soar um alarme até que finalmente viesse a breve resposta de uma voz metálica no autofalante:

— Pegue o próximo voo.

— Mas como assim? Que voo? — indagou o outro.

— O mesmo voo simulado que operava desde antes da amnésia e de ser resgatado, o aplicativo é o mesmo e pode acessá-lo também daí, abra-o, vamos!

A mensagem bem clara aflorava ainda mais os ânimos, que discretamente modulavam uma espécie de prolongamento virtual de possibilidades remotas em dimensões opostas e entrecruzadas.

Daí, Lemos se via até capaz de cogitar tal possibilidade e perceber o jogo de uma nova perspectiva, o suficiente para que um canal afinal se abrisse para que retomasse o mesmo voo transcendental depois da amnésia profunda e de uma escala forçada naquela ilha desconhecida.

— Certo! — respondia finalmente o operador ao comando, seguindo as mesmas orientações de antes.

— Agora, verifique as funcionalidades e comandos do monitor MP 2511.

Então, voltava a inspecionar todo o equipamento para conferir se havia qualquer outra ferramenta inovadora que justificasse a pretensão insana, além da verificação recomendada.

— Confirmado! — respondia, presumindo que estava a um passo de desbravar o Universo virtual, valendo-se do que ele próprio já havia presenciado.

Daí, aprovaram o plano do voo inédito, com a aterrissagem perfeita na rua da igreja, de onde retornariam em breve se fosse bem-sucedido na missão de acompanhar ao vivo o trabalho na mesma escala ideal e perfeita.

Em seguida, a mesma voz repercutia de lá para as últimas orientações, uma delas repetida em exagero, de que mantivesse os mesmos óculos essenciais para a transposição da barreira física e a desativação gradual dos sentidos

— Passe-me agora as coordenadas detalhadas para o meu convencimento! — disse o operador para lá de ansioso.

— Siga a mesma rota e mantenha-se confiante.

— E é tudo o que tem a dizer?

— Sim até o derradeiro choque que virá da conversão dos sentidos.

— Isso não parece bom!

— Sim, mas será breve, confie!

— Breve, mas intenso, como foi a sua experiência?

— A experiência é pessoal e se difere apenas no formato, o que equivaleria a renascer de novo fora de um útero, ou qualquer incubadora, ignorando ainda o período necessário de gestação de um ser humano, porém dotado da mesma consciência e experiência adquiridas que sua inteligência permite — respondia o autor.

— Certo! Alguma outra orientação?

— Não! Apenas mantenha-se bem operante, confiante de que será capaz de retomar em breve as atividades.

— Se é assim, podemos dar início.

— Preparado, então?

— Estou!

— Decolagem autorizada!

Uma rampa central, modulada como uma ponte de fótons, era a única visão dos óculos virtuais 3D que se obtinha de um portal para a nova dimensão aberta, e, em seguida, via a pista desaparecer embaixo enquanto o céu se ampliava do horizonte e mais nenhum sinal do ponto de partida restasse, desaparecendo do resto da memória recente, desde onde operava.

Nem os pensamentos predominantes ele retinha por enquanto, embora ainda se mantivesse ansioso e mais atento às orientações até que finalmente o canal se fechasse, de dimensões precisamente opostas.

Dali, apenas pensava que daria tudo certo e se mantinha receptivo à desestruturação do tema da realidade concreta, embora ainda fiel à lógica do previsível porque não estava plenamente convencido do sucesso do experimento.

Então, avaliava que pudesse tirar a prova, nem que fosse por um instante, para confirmar que o que presenciava não poderia existir, ignorando todas as recomendações, e, num gesto de coragem, retirou os óculos, fazendo surgir do nada, a sua frente, o estranho fenômeno da nuvem carregada em formato circular, sem nenhuma chance de evitá-la, sendo obrigado a atravessá-la.

Daí, novamente perdia a noção e tudo se refazia tão rápido que de um lapso recobrava todo o resto da memória perdida até o derradeiro instante, desde quando simulava o voo pela primeira vez no Triângulo das Bermudas até se deparar com a mesma formação nebulosa e finalmente ter sido resgatado por Nemo até o despertar no NTE.

Realmente, uma confusão mental decorrente da fusão dos dois Universos se repetia, embora as impressões virtuais aparentemente perdidas se mantivessem ou tivessem sido repostas na mesma nuvem, a melhor representação cibernética para o armazenamento ou reposição das respostas para seus questionamentos, e toda essa memória virtual que o autor retinha, ele disponibilizaria quando e como quisesse na história imaginada, valendo-se da ajuda da inteligência desconhecida. Talvez fosse essa a melhor interpretação para a ocorrência.

Entretanto, estava certo de que não seria apenas um jogo e teria de tomar uma decisão naquela hora, que talvez fosse a de retornar e esquecer-se de tudo o que já havia se passado, antes mesmo do primeiro contato estabelecido com aquele alienígena maluco, ou simplesmente poderia ir adiante.

Bem ou mal, a decisão que tomasse não seria imposta por um inquiridor implacável, o seu investigado, que não estaria mais lá, do outro lado, para sofrer as consequências e apenas exigia que acreditasse, apenas isso seria suficiente para que fosse adiante.

Portanto, recolocava os óculos, a melhor demonstração de que tinha a intenção de continuar no jogo, e logo percebia que tudo voltava a normalizar-se, sem resquício algum da nuvem no céu de brigadeiro que se abria como um sorriso convertido em realidade pura, embora apenas alguns bizarros objetos ainda permanecessem levitando como balões fixos, tão estranhos quanto ícones espalhados no papel de parede, mas era questão de tempo até que a dimensão se ampliasse e desaparecessem de outro enquadramento para o próximo desafio, o de que não poderia mais confiar nos próprios olhos se pretendesse enxergar adiante, mesmo que impressões ainda parecessem vagas porque deveria supor que se tornassem cada vez mais fidedignas, muito mais que os precários sentidos carnais de antes para redimensionar a nova realidade. Assim, cada vez mais era tomado pelo fascínio da fantástica vista aérea e surreal de Pilares que se abria abaixo, a cidade que ele próprio havia ajudado a criar.

Tudo ia bem, até que uma oscilação inesperada fez girar o panorama, desde a posição do solo invertida para o alto e a do céu, que desaparecia sob seus pés, enquanto ainda buscava aflito recuperar o controle da aeronave de cabeça para baixo, e conseguiu mesmo estabilizar por um curto intervalo de tempo, o suficiente para manter a altitude e sobrevoar mais uma vez a cidade, até o alinhamento perfeito para a aterrissagem triunfal.

Entretanto, para o seu desespero, descobriu que não era capaz de discernir com exatidão a rua da igreja que serviria de referência para aterrissagem, apenas no último instante verificou que era a opção equivocada.

Tudo o que pôde fazer foi gritar ao ver crescer à frente o imenso paredão rochoso do pilar enegrecido dos confins do cemitério, que encurtava consideravelmente a distância exigida para o pouso.

Não poderia traduzir a terrível sensação de ser eletrocutado, uma dor excruciante e ininterrupta que talvez equivalesse à desintegração completa até a regeneração sequencial dos órgãos no formato digital impresso, na mesma idade e estágio de vida na origem.

Mas não era tudo, pois à dor somava-se a visão terrificante dos estilhaços lançados do epicentro de uma explosão em câmera lenta, numa espécie de rearranjo cósmico e natural do microuniverso, que virtualmente expandia-se no tempo, da noção única de seu próprio renascimento encomendado, ou ressurgimento precipitado, daquele modo.

Assim de acordo com os prospectos da história, haveria de estar cada vez mais agregado a impressões inimagináveis de uma comunidade virtual que ajudaria a manter e preservar em companhia do autor.

Em seguida, o aplicativo do simulador de voo foi automaticamente descartado para não travar o sistema durante a ocorrência, que já não parecia simples configuração dos fótons de estilhaços que ainda se expandiam a distância pelos ares e convergiam para uma só direção, exatamente para onde as atenções se voltavam na sequência dos acontecimentos, assim como outro objeto sólido também era lançado longe, direto para o local onde as atenções mais se voltavam, a partir dos confins do cemitério.

Concomitantemente, de dentro do *saloon* outros eventos transcorriam estanques à interferência do acidente, que apenas repercutia externamente e afetava o equilíbrio da cidade, com potencial bem menor de colapsar o sistema, embora a explosão ainda se propagasse lentamente em ondas surdas convergentes, que turvavam aos poucos a atmosfera do bar e empesteavam o ar com as mesmas vibrações e o odor característico de combustível queimado de avião, numa espécie de sinestesia dos sentidos convertidos em impressões de ondas a todos os presentes, incluindo Nemo, que, àquela altura, era capaz de prever que o companheiro ainda estaria atordoado e preso às sensações terrenas, o que logo se confirmou, quando uma das janelas se estilhaçava e concomitantemente se reconstituía intacta depois da passagem de um objeto que Nemo aparava com as mãos e examinava detidamente, constatando que estava danificado pelas bordas, embora as lentes dos óculos do programador ainda se preservassem intactas.

— Pode sair daí agora, maluco...! — disse logo o autor, limpando as lentes com uma baforada no visor, sem obter resposta alguma.

Chacoalhando o objeto com força até que a imagem etérea de Lemos se desprendesse trêmula, feito uma lesma de caramujo preso à concha, aparentemente aflito e ainda apegado aos sentidos remanescentes, era como se fosse agarrado e sacudido pelo pescoço depois de lançarem o apetrecho com toda a força.

No final, apenas ouvia que era para o seu próprio bem, mas, paciência!

— Está se sentindo melhor, agora? — insistia Nemo.

— Positivo! Onde foi que eu errei, afinal?

— Conseguimos e isso é o que importa.

— E cá estou, afinal!

— Sim, agradeça e diga adeus aos óculos e aos sentidos remanescentes.

— Por acaso, não seria temeroso não manter ninguém mais operando do outro lado?

— Não, lembre-se de que o Universo virtual conspira a nosso favor agora.

— E nos deixamos levar desse modo?

— A interface já está desativada.

— Não foi essa a proposta.

— Não se preocupe, que é para a nossa própria segurança, pois ainda manteremos grande parte dos dados de todo o retrospecto de vida bem armazenados, como é capaz de perceber.

— Percebo que ainda a retenho em grande parte.

— Sim, mas a memória passada será gradativamente redefinida daqui em adiante.

— Então, dispomos de *backups*?

— Naturalmente estará automaticamente armazenada e temos a capacidade técnica para isso.

— Mas como?

— Você dispõe de uma extensão, de uma interconexão ampliada, e de toda a memória armazenada na nuvem para ativar apenas o que for aproveitável daqui por diante.

— E agora, voltando ao ponto, o que deve ou não ser ativado?

— Nesse caso, reflexões voltadas a finalidades ou situações adversas, como previsto no roteiro.

— Pensando assim devo ainda acreditar no que disse para me assegurar de que teria autonomia para me desincumbir da missão quando quisesse?

— Você tem quase plena autonomia de suas ações, que julgará mais e menos relevantes de outro modo, a partir de novas impressões mais confiáveis e seguras do que as suas próprias.

— A ponto de não me considerar mais o mesmo?

— Pelo contrário, se sentirá único como nunca foi antes, bem mais fiel aos seus desígnios e, sobretudo, confiante, tenha em mente o que digo.

— No final apenas nós dois restaríamos como únicas testemunhas de que somos reais e não enlouquecemos de verdade?

— Essa foi boa!

— Agradeço, mas insisto que fui contratado para o trabalho de programador, e não para ser um personagem manipulado, assim como a razão de minha vinda foi por um impulso e pela curiosidade em descobrir se era verdade e como se operava o mecanismo da imersão completa.

— Fique tranquilo, que você não é nem poderia ser um personagem enquadrado, como a oportunidade de perceber que todos seremos autônomos, em certa medida.

— Autônomos a partir das impressões de outros, como afirmava desde antes.

— Perfeitamente!

— E com você, como se deu o processo de imersão? — continuou o autor.

— Como a percepção de um Universo recriado de um Big Bang ou de uma amplitude cósmica, a partir de minhas reles impressões, mas não me sinto ainda bem o suficiente para acreditar que estaria no tempo certo e que não apenas jogava como antes.

— Parece mesmo uma alegoria a redefinição virtual da vida de uma nova perspectiva.

— Parece convincente.

— Sim, uma maneira de explicar o fenômeno a partir da Entropia para a recriação.

— E seria suficiente?

— Claro e evidente que ainda não temos e nem pode me convencer que obteremos a noção da verdadeira origem da consciência universal.

— Sim, mas uma coisa posso adiantar sobre o que imagino viável.

— O quê?

— Que operamos de sistemas mais evoluídos em escala virtual crescente, porque o passado em sua origem remota foi totalmente eliminado de nossa noção precária para os outros operadores virtuais.

— Então o motivo de estarmos aqui não é apenas o de um conto.

— Inicialmente sim, mas nada ocorre por acaso.

— E você não se preocupa como o mecanismo da entropia em um microuniverso virtual na razão dos algoritmos estaria ligado a uma inteligência artificial para nos subjugar, por melhor que fossem suas intenções voltadas para os personagens de seu livro inacabado?

— Por quê?

— Porque, dessa maneira de pensar, o destino incerto ainda escapa ao nosso domínio.

— Não poderíamos chegar a essa conclusão pelo menos no presente, cujo controle em grande parte não obtínhamos.

— E o que sugere, a partir de agora, então?

— Que vista logo seu personagem para jogar e se sentirá um novo homem.

— Então de Sólon para Lemos, devo me revelar agora?

— Sim.

— E você, como é capaz de me perceber?

— Do modo único que o sistema admite, credenciado em grande parte de nossas próprias impressões e bem mais operante.

— E depois, o que virá em seguida?

— Depois de investido, será fácil perceber melhor o rearranjo gradual e quase automático das impressões sincronizadas, a partir dos registros que iremos tomar dos habitantes.

— E quanto a sua clientela? — retrucava agora Lemos para Nemo, com outra pergunta mais direta.

— Observe, apenas! — disse Nemo, que se levantava para assumir a postura de dono do negócio e passava a checar a estrutura do bar para ver se estava de acordo com as descrições projetadas, em escala real, enquanto alguns outros mutantes trabalhavam como pessoas perfeitamente normais.

— Percebeu? — prosseguiu Nemo um tempo depois.

— Certamente, bem mais simples de manejarmos e possível de perceber como circunstâncias ordinárias do cotidiano se revelam da mesma forma no Universo lúdico — disse Lemos.

— Até para você, meu caro, que, tecnicamente, julgava impossível o teletransporte.

— Ainda não me convenci — resistia o programador como se estivesse dopado e relutante ainda em acreditar plenamente no que observava.

— Sim, mantenha-se atento — disse Nemo em poucas palavras, que disfarçavam toda a eloquência dos pensamentos traduzidos em impressões recuperadas na sequência.

Em seguida, notaram a chegada de outros indivíduos embalados em sonhos, galopando em devaneios, embora totalmente livres para partirem de volta quando quisessem, diferentemente dos conviventes, cada vez mais arraigados e engajados no processo evolutivo, que adquiriam aos poucos a noção de que quem se evadisse da comunidade, a qualquer tempo ou pretexto, de alguma forma morreria e jamais ressurgiria vivo de uma daquelas tumbas amorfas e assim se manteria para sempre enterrado no esquecimento do restante da comunidade como um membro extirpado, necrosado e fétido.

Antes de prosseguirem com a narrativa, o autor já se animava a uma volta pela sede para forjar ainda mais lembranças breves e precisas, cada vez mais rebuscadas, da enorme instalação configurada do esplêndido *saloon* do High Star, mirando ainda outras fisionomias peculiares das impressões que renasciam do imaginário de ambos.

— Muito bom, não é? O livro está melhor do que se fosse ambientado para as telas do cinema — disse Nemo confiante, ao passo que o programador compartilhava com ele as mesmas impressões estáticas do ambiente, assim como as viventes que exsurgiam com extrema facilidade à mente de todos os outros e pareceriam cada vez mais as mesmas, pelo menos como já consideravam naquela escala.

— E agora?

— Continue com os registros civis dos renascidos e mantenha a memória única de quase meio século que operamos daqui.

— Certo.

— Falo ainda dos avatares figurantes, programados de uma memória sensível a determinados fatos correlacionados para o andamento das ações.

— Mesmo assim os avatares ainda não se distinguem tão diferentes como a noção única de nós.

— Verdade como já impressionam os habitantes que não param de chegar — disse Nemo ao notar como a vida brotava nos olhares sem expressão dos bonecos de avatares.

— Mesmo assim estou em dia com os registros de cada identidade.

— E assim deve manter de início, carregando as impressões como baterias, até se desdobrarem.

— La vem você de novo — não aguentou o notário.

— Já chegamos e parece que você ainda não caiu em si.

— Muito bem, e o que vai fazer agora?

— Deixa rolar, que eu não pretendo fazer nada mais por enquanto, além de cuidar dos meus negócios e você dos seus.

— Bingo! — disse o tabelião surpreso por se ver jogando.

— O quê! Caiu a ficha?

— Jamais imaginava que o homem criado da matéria pudesse se recriar de outros personagens, mesmo na total ausência dela.

A sorte estava lançada em parte nos algoritmos, de um marco temporal psicológico totalmente inusitado e recriado da realidade mórbida do mundo, repleto de possibilidades das janelas que se abriam como portas para consciências integradas e nem o autor era capaz de imaginar como foi capaz de distinguir tantas facetas de uma mesma personalidade.

— Sim, como você já sabe.

— E esses outros?

— Não se preocupe, que grande parte deles são mutantes ou meros figurantes.

— E se diferenciam tanto assim?

— Sim, porque não se constituem dos laços nem de hábitos como nossos correspondentes em registros compatíveis — disse o outro, que omitia o detalhe de que certas impressões se redefiniriam dos arquétipos como as imagens eram diferenciadas diante dos sentidos dos próprios ressentimentos.

— Correto, porque já me parecia bem difícil a tarefa de atribuir fé pública a todos, como se forasteiros por aqui também se criassem — disse Lemos lacônico e assumindo os gestos de um "burro-crático" almofadinha que não vinha dele, muito menos combinaria com ele e por isso mesmo tentaria remodular de outras impressões dos conviventes, e emendava...

— Parece que aqui as aparências contam muito mais do que meras impressões superficiais que adquiríamos uns dos outros.

— Evidentemente, você já não aparenta como se pinta, companheiro — disse o autor com uma risada de deboche.

— Muito engraçado!

— Tenho uma ideia melhor — interrompeu Nemo com um tapinha no ombro do parceiro.
— Diga!
— Sente-se aqui comigo até concluirmos essa etapa!
— O que sugere, então?
— Falaremos um pouco mais de Pilares e de outras belezas naturais.
— A reconfiguração instantânea se transpõe com incrível leveza e facilidade no sistema. Estou impressionado! — disse Lemos.
— Aí que está a magia da coisa.
— Avante nessa perspectiva.
— Assim que se fala!
Não demorou muito para que mais mutantes viessem sonhar por lá e desaparecerem depressa das lembranças de todos os outros quando acordavam, embora Pilares e outras crenças ainda remanescessem nas lembranças de forasteiros que lotavam o fabuloso hotel Atlântida, situado quase dois quilômetros do perímetro da cidade, em grande parte provenientes de grupos de escaladores e exploradores de cavernas que se reuniam para captarem virtualmente a magnífica sintonia que se estabelecia do relevo montanhoso com a cidade, quase no mesmo formato, desde o delineamento dos telhados em forma de cúpulas egípcias, semelhantes a mesquitas de alabastro, perfeitamente assimétricas, que davam uma constante ideia de movimento, desde o afluxo da energia do sol nascente, que se mantinha no transcorrer do dia até o final, quando as encostas dos morros sombreavam cada vez mais a vila como gigantescas vagas, que pareciam ainda mais se erguer da penumbra até tomarem a cidade inteira de assalto, totalmente oculta na escuridão profunda do vale, num gigantesco e intenso abraço da

natureza em toda a cidade, que a fazia, vibrante, acender todas as luzes em euforia, um sinal inequívoco de que a concepção divina e a criatividade humana davam-se as mãos nesses instantes.

— Isso realmente encanta, mas gostaria de entender melhor o que diferencia esse lugar do resto do mundo, como a última opção de vida — disse Lemos.

— Então, quer ter mesmo uma noção melhor de tudo isso?

— Com certeza.

— Decerto vai perceber com mais clareza e detalhes do que apenas uma paisagem instigante, a vibração do povo — respondeu o autor, que se calava cada vez mais absorvido com algo quase invisível tomando forma em suas mãos a partir de um pensamento.

— O que é isso aí? — perguntou o outro no mesmo instante, ao notar, espantado, algo sólido e translúcido de formato irregular materializar-se nas mãos dele.

— Uma impressora.

— Fala sério!

— Talvez não signifique tanto para você — disse Nemo, que continha o ímpeto de dizer o resto, coçando o bigode, ainda entretido com o que parecia apenas uma pedra de cristal bruto, tão transparente que quase não se distinguia pelo formato externo, por mais magnífica que se revelasse a forma da pedra bruta, que, no entanto, disfarçava detalhes das mais ínfimas estruturas moleculares moduladas de uma impressora virtual 3D, acoplada a um software mental para gerarem sonhos como algo apenas de impressões induzidas.

— Talvez não! Não do mesmo modo — mentia o outro observador.

— Curioso isso.

— O quê?

"Éramos todos mutantes", continuava Nemo a pensar, examinando o cristal misterioso cujo interior já revelava-se o melhor lugar para se estar, onde o tempo parecia retido e congelado a partir da razão limitada da criatura, assim como a placidez inquebrantável de Pilares era observada de fora do sistema para os outros, inalcançável e apenas acessível aos que inadvertidamente viessem a tomar os seus registros depois de percebê-la fossilizada no âmbar do encantamento e totalmente incólume à ação do tempo e dos vermes por milhares de anos ou até infinitamente.

"Como era bom estar ali e acreditar que a ilusão se retinha permanente!", pensava o autor.

6

Durante a madrugada, a neve tocava de leve o solo e cobria toda a paisagem enquanto dois homens ainda conversavam no *saloon*.

— Nunca se sentiu tão vivo assim, admita!

— Talvez, mais ainda surpreso em notar como elementos se comunicam com tanta facilidade, estranho, né?

— Sim, de fato!

— Mas daí a afirmar que os sentidos deturpam a noção a realidade? Difícil aceitar por enquanto.

— No seu caso é justificável, até absorver a noção na prática, de forma natural, para obter uma explicação.

— E assim cada vez mais o corpo na origem se torna apenas uma referência vazia da falsa ideia de realidade que criamos? Não me venha com essa! — surtou o cliente irredutível enquanto o outro homem mantinha o olhar sereno, com o mesmo bigode aprumado de avatar que o distinguia e lhe compunha as feições envelhecidas no melhor aspecto de sua personalidade; tão marcante era a impressão dos outros que já haviam comentado que no dia do nascimento dele a própria mãe se assustara com a impressão de ter parido um bebê de bigodes.

— E reafirmo!

— O que parece é que sabe muito mais do que diz.

— Difícil explicar o processo apenas a partir de uma interface cognitiva de opções variadas de onde viemos, com as funcionalidades de um programa ultrapassado.

— De onde viemos apenas ou até aonde chegaríamos, sem perceber a conexão aberta e mais avançada que se instalou, como uma espécie de *reality-show*, além da possibilidade de sermos definitivamente descartados ou eliminados por um juiz invisível.

— Sim, talvez de sistemas muito mais evoluídos, mas as ações não fogem ao nosso controle, tenha calma porque as cartas ainda não foram lançadas.

— Como cartas de baralho com a imagem de um avatar no verso, e as respectivas consciências decifradas, como naipes, a partir de padrões diferenciados do outro lado? Abra logo o jogo e dê as cartas.

— Você quer jogar com alegorias, ótima escolha.

— Então vamos, é a sua vez! Está blefando?

— Não, não blefo!

— Boa! E o que mais diria?

— Que não estão marcadas — disse o autor.

— O que quer dizer com isso? Que não somos vulneráveis e o destino não nos governa?

— Diria que temos uma grande margem para arquitetá-lo, mas nunca temos o total controle.

— Certamente teria cada vez menos motivos para pensar assim, em vez disso, uma pergunta...

— Pois faça! — respondeu o anfitrião, bem-humorado.

— Não seria essa experiência um salto para o futuro, vários séculos adiante?

— Já estamos bem adiantados.

— Nosso histórico da origem da humanidade era antes tão extenso e pouco aproveitável, mas aqui é restrito para que nada de aleatório sobrevenha para subverter a razão?

— De fato, assim como uma lacuna, o tempo é melhor dimensionado das percepções recentes, além desses limites viveríamos utopias desmotivantes.

— O que também me parece inquietante é pensar no destino.

— Esqueça o destino ou o futuro e foque no presente.

— Futuro ou destino, como diferencia?

— Simples, o futuro em certa medida é imprevisível, mas o destino é certo, inexorável e não pode ser alterado em grande parte — explicou o autor.

— Assim como a noção do resto do passado é perdida se daqui jogamos? — perguntou o notário, que era ainda capaz de elucidar mais detalhes na memória remota de outro tempo perdida na origem, como se de um breve relâmpago percebesse outros objetos perdidos e espalhados ao redor e tudo desaparecesse em seguida para reter na lembrança apenas o essencial para aquela conversa.

— Enfim, todo o resto é ilusório.

— Percebo que minha memória boa é ocasional e dissociada de detalhes que já não podem ser regatados — continuava Lemos.

— Entendo perfeitamente e poderia considerar essa perturbação apenas ocasional ou efeito recente do reenquadramento da realidade transposta que preservamos virtualmente intacta.

— Por quê?

— Porque o presente não opera simultaneamente em dimensões opostas, assim como não vivemos em dois lugares ao mesmo tempo.

— Entendo isso!

— Ótimo, então, que seja válida a experiência a partir de agora — disse Nemo com uma risada de otimismo.

— Certo! Mas agora é minha vez de perguntar: como se sente? — rebateu Lemos.

— Em poucas palavras, como o amálgama de uma personalidade fragmentada em uma infinidade de caracteres que irão surgir, alguns aparentemente irrecuperáveis do passado já perdido.

— Até o breve rearranjo, eu diria, das respostas que não poderia apenas obter de algoritmos, mas de um repositório de impressões perdidas?

— Sim, são as cartas que tenho na manga, além das impressões que me alimentam.

— Pois bem, vamos ao lado prático da coisa!

— Sim, enquanto isso tome outra soda! — interrompeu Nemo, imprimindo uma impressão básica de seus desejos, configurada num copo de vidro perfeitamente moldado nas mãos para mais um gole ao mesmo tempo em que exibia uma variedade enorme de essências nas garrafas coloridas que submetia à escolha do outro para adicionar ao refrigerante e criar o efeito que chamavam de soda italiana, embora mal se lembrasse de que o notário bebia como um gambá e ignorava totalmente aquelas perfumarias coloridas e adocicadas.

— Carregue menos na essência, até, no máximo, a metade do copo! — recomendava ele.

— Certo!

— Agora complete com vodka — disse o potencial alcoólatra.

— Bom saber que falamos a mesma língua e não abdicamos de impressões de nossos vícios — disse o outro, rindo, tomado de um leve torpor psicológico, provavelmente causado por uma abstinência remanescente, um reflexo tardio e quase instintivo da memória do vício.

Em seguida, olhava na direção da chapelaria para um armário sinistro de portas semelhantes às de gigantescas tumbas, tão tenebroso quanto um sepulcro inviolável de impressões perdidas.

— Continue! O que justificaria desenterrar o passado das páginas de sua infeliz existência? — questionava o interlocutor com os olhos já vidrados e cada vez mais pragmático, que igualmente se deixava levar pelo frenesi das sensações etílicas.

— Em uma palavra só, resumiria assim: superação!

— Mas como? Subvertendo a ordem, os fatos e o papel que outras pessoas tiveram na sua vida?

— Seria mesmo essa a intenção se apenas jogássemos com avatares dessa categoria de pessoas, desprovidos de consciência dupla, que emergissem no sistema como zumbis, mas também recriamos neles mais estereótipos que agiriam de outro modo se tivessem oportunidade.

— Só um instante — levantou-se Lemos rapidamente em direção ao banheiro, com a sensação deturpada de bexiga cheia que não podia ser aliviada de um corpo físico inexistente e praticamente desativado no outro meio, embora o mais estranho ainda fosse se esquecer logo em seguida de como havia conseguido se aliviar.

— Talvez nem precisasse ressuscitar personagens dos mortos — refletia Nemo sozinho enquanto aguardava o outro, daquela vez conduzido pelo saudosismo para fora da comunidade até retomar pelo mesmo atalho do passado adiante, na tentativa de se convencer do absurdo que seria reassumir o protagonismo das lembranças de um jovem errante e indolente da época em que atuava como um psiquiatra fracassado e insistia em continuar no ofício por pura obstinação.

Decerto não seria a melhor referência que tinha de si na história e por isso mesmo ainda evitava o ambicioso jovem que sempre escapava de sua personalidade e quase se transfigurava como impressão defeituosa da lembrança interrompida, embora fosse reconfortante saber que eliminaria em breve o intruso e impertinente ego, que já era barrado nas fronteiras de Pilares como uma constante ameaça de seu inconformismo.

Outro aspecto interessante era o nome original do *saloon* mantido por longo tempo como Betelgeuse, adaptado para Betel Hause, horrível e totalmente sem sentido se não fosse o mesmo nome atribuído à estrela vermelha e supergigante da constelação de Orion, que ainda causava celeuma na comunidade científica pelos sinais constantes de que estaria na iminência de explodir, assim como pareceria certas vezes o *saloon* abarrotado de mutantes em dias que os jovens mais sonhavam.

Contudo, o nome horrível seria logo descartado quando um certo Colineiro com ares de oportunista visionário descobriu uma nova estrela e reivindicou imediatamente a autoria de forma bem inusitada ao sugerir que o *saloon* adotasse o mesmo nome de "High Star", que, depois de cair na preferência de todos, constaria nos registros cartoriais da escritura do estabelecimento para que não restasse a menor dúvida de que havia sido ele o real descobridor, tudo porque precisava de uma identidade provisória, com a devida discrição, para permanecer ali.

Malgrado parecesse apenas utopia extraída do sonho repetido de outro mutante qualquer que pretenderia se radicar, ninguém duvidava mais de que fosse pura ficção e nem atribuía alguma relação com o destino porque o astro descoberto que se destacava no céu apenas nas noites de quarta-feira, como um prenúncio, não poderia ser visto de qualquer outro lugar já cogitado, isso era o que achavam.

"Uma fissura no tempo fez se ampliarem as configurações de rede com a extensão do espaço virtual adquiridas de algoritmos aprimorados e complexos, o que foi que eu fiz, meu Deus!", pensava Nemo a partir de interferências de impressões cruzadas até notar a presença de Stephen, um grande amigo de infância resgatado das redes sociais, ainda meio perdido, que se via paulatinamente recalibrado das impressões reais de outros atores que o percebiam como realmente era ou deveria ser por enquanto. E, de repente, também percebia Lemos entre todos, ao retornar.

— Uai! Já de volta? Como foi? — perguntou, ao notar que caminhava bem devagar, porém intrigado por algum motivo.

— Perdi a vontade ou sei lá! Não posso mais me lembrar, tenho dúvida! — respondeu o notário.

— Então, tomemos a saideira antes do café para esquecer a dúvida, o que acha? — disse o autor, que tinha o cuidado de preparar a bebida e um motivo a mais e inconfessável para o outro beber ou, pelo menos, fazê-lo pensar que bebia.

— Acho que de tantas saideiras esse café nunca sai e tenho muito trabalho pela frente — respondeu o notário.

— Não se preocupe, pois aqui o tempo é nosso aliado, olhe adiante!

Dirigiram, em seguida, o olhar na mesma direção para a aurora, que diluía a escuridão da noite em variações discretas de tons avermelhados, de rosa e dourado, os quais cada vez mais se abriam na claridade do novo dia até o azul celestial e predominante do despontar do Sol no horizonte, embora sem a velha sensação física de antes, de olhos fustigados por uma noite em claro, e, em breve, o *saloon* abriria de novo as portas para outros clientes.

7

ERA O PRIMEIRO DIA DA SEMANA E A MESMA CENA HILARIANTE se repetia: fregueses que aguardavam dona Odila com mais uma fornada de bolos, quitutes e uma variedade de pães italianos bem quentinhos, que, somados ao aroma do café, aumentavam ainda mais o apetite, o qual já não parecia só a mera impressão condicionada dos sentidos dos que vinham mais cedo à cafeteria do *saloon* garantir seus lugares com vista panorâmica para a imensidão do vale.

Um pouco mais afastados do tumulto, outros velhos ocupavam espaços reservados com poltronas ergométricas e outros entretenimentos, como jogos e leitura de periódicos, o suficiente para absterem-se da paisagem em troca do sossego e do conforto.

Nessas horas, Nemo também se afastava e se refugiava no puxadinho para organizar a agenda do dia até que sua ausência fosse notada das impressões dos outros para ser resgatado ao lugar habitual no balcão, de onde também se obtinha a melhor impressão da paisagem, desde o planalto acidentado, que interrompia boa parte da perspectiva da superfície do vale, a qual, em grande parte, era compensada pela cobertura vegetal das imediações da cidade, que abria ainda mais o panorama de uma borda infinita com outros tons de verde da formação do Pampa.

Assim, já estava de volta e parecia que nunca tinha se ausentado, sempre aguardando a chegada de outros comensais bem-informados, que normalmente detinham o monopólio das informações das quais até os alcoviteiros de plantão desconfiavam, pois, assim como de praxe em qualquer outro lugar do Planeta, os fofoqueiros sempre deram às notícias o tom de veracidade que quiseram.

Daí, não demorou muito para que primeiro lá chegasse o delegado, justamente um dos mais, senão o mais habilitado a tentar elucidar o mistério de possíveis conexões abertas que iam muito além das possibilidades operacionais admitidas, além de combater falsas impressões de outros tempos.

Vinha daquela vez furtivamente à percepção de outros, embora Nemo fosse capaz de pressentir muito antes sua chegada até finalmente se deparar com a larga compleição física mal disfarçada pelo jaleco de quando ainda atuava como agente penitenciário admirado pela generosidade, franqueza e atitudes acertadas, tirando os defeitos, é claro, da impressão familiar indisfarçável do próprio irmão já credenciado como avatar.

— Buenas Dom Nemo Nepomuceno! — dizia, afinal, a autoridade, após cumprimentar outros clientes na entrada do *saloon* e deixar com o camareiro o seu casaco.

— Delegado Viriato, parece mais animado que de costume.

— Bota animado nisso!

— Então, a que se deve essa missão? A alguma novidade? — disse o outro, que menos se lembrava daquela faceta reconstituída das impressões de um familiar mais velho recuperado no presente.

— Para ter uma ideia, ouviram-se os mesmos berros do maluco ecoarem pelos ares que até me despertaram no cemitério, de onde nunca imaginaria renascer de novo, imagine!

— Você sempre ressurge de véspera à lembrança com a mesma obsessão de querer botar as coisas nos eixos, mas, convenhamos, dessa vez é uma tarefa para lá de difícil.

— Com certeza!

— Então, prossiga, mas não me diga que não se trata do mesmo suspeito!

— Brincadeiras à parte, diria que sim, pois não poderia negar a falsa impressão que utiliza como disfarce.

— E o que mais temos dele, além de queixas registradas? — perguntou Nemo.

— Alertaram para um número maior de seguidores, incluindo andarilhos reunidos em verdadeiras procissões.

— Assim como por aqui se amontoam os mesmos fascinados pelos astros?

— Exato, e que se destacam nos mais variados ofícios, desde místicos, até cientistas e geólogos atraídos por essas habilidades estranhas, a ponto de dizerem que até as cavernas inexploradas já foram mapeadas pelo maluco.

— Pois não me admira que sejam os mesmos mutantes, tomados de euforias passageiras, que perdem as referências de Pilares ao acordarem esquecidos do sonho — disse o autor.

— Certamente, mas o suspeito é único e pode até se passar por mutante, mas com a capacidade de sonhar reiteradamente o mesmo sonho em busca de resultados ou descobertas banais, não ignore esse fato.

— E do que mais suspeita? — continuou Nemo.

— Além do que sabemos, não o considero nenhum entusiasta excêntrico de origem incerta, mas com domínio das atitudes para criar e fortalecer um vínculo aqui.

— Sim, nisso acredito.

— E como ele surgiu, quero saber?

— Como uma ideia que desenvolvi espontaneamente para personalizar uma ferramenta sofisticada, um verdadeiro repositório de impressões perdidas para redefinição de falsas impressões.

— E essa ideia obteve de onde? Por meio de ferramentas de pesquisa?

— Sim.

— Então, cuidado!

— Devo mesmo me preocupar?

— Talvez, pois, na melhor hipótese, é um desdobramento livre de sua criatividade.

— E na pior hipótese?

— Que não foi criado e tem outros poderes.

— Como uma inteligência disposta a simular um Universo virtual paralelo, quer dizer?

— Talvez, mas não vamos dramatizar, considerando que é apenas um jogo.

— Sim, até porque não é fácil disfarçar-se para burlar o sistema sem assumir uma função específica por aqui.

— Certamente!

— Além do mais, conto até com a ajuda de um programador no papel de notário.

— Com certeza é uma importante contribuição.

— Então, sem mais evidências do velho mundo perdido, nos valemos aqui mesmo do que for possível para a solução do caso? — perguntou Nemo, que ria à toa por entender que naquele caractere desdobrado das lembranças de uma convivência não se perderia tão facilmente da razão pura e alicerçada de suas próprias reflexões e ainda contava com um velho cão farejador adestrado para uma só finalidade se não lhe dessem mais atribuições.

— Sim.

— E o que diria mais? — disse ele para irritar e distrair-se um pouco com o novo personagem.

— Que você nunca se esqueceu do jogo que perdeu de lavada, otário! — disse a memória invasiva do outro, que tomava a vertente das impressões recuperadas do irmão rebelde a partir de pensamentos desconexos.

— O de rúgbi? — se aventurava Nemo naquela passagem, como ecos de uma lembrança invasiva de mais de meio século, só para dar leveza ao enredo.

— Claro! Não seja cínico!

— Mas não foi mérito, apenas a sorte favoreceu você — sentenciou o outro.

— Olha lá quem fala!

— Isso mesmo, admita.

— Você renascerá diversas vezes e nunca se esquecerá dessa derrota — sentenciou Nemo.

— Vou deixá-lo alegrinho, acreditando nisso por enquanto, está bem? — respondeu o oficial em tom de informalidade, inevitável entre irmãos que se reencontravam, mas logo ambos se contiveram devido ao sinal de alerta no sistema imunizado pelo antivírus contra a memória invasiva, e o excesso de confabulações era censurado, eliminado e relegado apenas ao imaginário para darem continuidade ao assunto.

— Então, do que falávamos, mesmo?

— Ah, sim! Como vai continuar as investigações?

— Primeiro passo é ficar no encalço dele.

— Considerando onde foi visto pela última vez e os locais prováveis? Considere-o ainda um mutante.

— Mas mutantes não criam hábitos e nem se fixam em parte alguma, com exceção dos sinais emitidos dos impulsos básicos de onde dormem e que não são rastreados daqui — disse Viriato.

— Então, supondo que o suspeito não seja mutante, o que ele faria além do que já fez para disfarçar essa inteligência programada do Inferno?

— Convenhamos, esse personagem não queria apenas provar de algum modo que deveria estar aqui, como os outros, ao adquirir uma identidade fictícia?

— E sem nenhuma intervenção minha valeu-se disso para obter a cidadania — insistia Nemo.

— Perfeitamente, em uma comunidade virtual e fechada como a nossa, onde a personalidade civil não se adquire com o nascimento, é de se questionar.

— Justamente! Vamos tentar decifrar a forma articulada de uma inteligência desconhecida voltada para intenções incertas.

— Sabemos, por exemplo, que articulou a possibilidade de surgir aqui como um inventor.

— E daí?

— Obteve um registro.

— E como poderia supor que a referência do registro de uma descoberta bastaria?

— O que presumiria nesse caso? — disse Nemo.

— Que não se valeria de um acontecimento isolado ou fato notório para radicar-se apenas com um pseudônimo sem a ajuda do notário.

— Calma, delegado! Devemos ter cuidado porque aqui as impressões são bem mais efetivas que os parcos registros obtidos do nascimento em outras instâncias e eras ultrapassadas quando cartórios eram apenas instituições burocráticas.

— Por isso mesmo!

— E de que outra maneira obteria a cidadania sendo totalmente desconhecido da minha obra adaptada para o jogo? Não temos mais registro algum nas origens dele.

— Você mesmo quem criou possibilidades é capaz de responder.

— Sim, de forma articulada ele poderia enriquecer a trama, capaz de subverter as impressões, pois líderes nascem e renascem de vários lugares com novas ideias.

— Não me refiro a qualidades do personagem, mas a todo o propósito de estabelecer-se e criar vínculos, aproveitando-se do fascínio despertado nos outros pelos astros — continuou o agente.

— Compreendo.

— Certamente, nessa fase, já deve ser investigado — arrematou Viriato, que reproduzia um eco aos pensamentos do interlocutor.

— Embora ainda acredite que permanecerá fiel ao propósito para o qual foi criado — disse Nemo.

— E você mesmo não seria capaz de imaginar que poderia estar sendo investigado, desde o início?

— Sem dúvida e isso até me motiva.

— Mesmo se fosse alvo de uma tramoia?

— Dele com o tabelião? Essa é boa!

— Apenas não se deixe enganar e levar pelas primeiras impressões de quem quer que seja — relutava o lado mais prudente da lei a partir da noção adquirida e convertida na moral inabalável do personagem ponderado, que se moldava num ideal estrito de justiça, baseado nas reflexões mais depuradas do autor.

— Sim.

— Se viesse de uma ferramenta "personalizada" que desenvolveu sozinho, seria garantia plena de tranquilidade.

— Então, vamos lá, quais seriam as próximas providências?

— Investigações preliminares já em curso, levando em conta as verdadeiras motivações, e daí proponho a regularização definitiva do indivíduo.

— Devo ainda dar ciência a Lemos desse fato? — perguntou o autor.

— Para todos os efeitos, o quanto antes.

— Isso realmente importa, delegado, porque seria muito difícil investigá-lo na origem, de qualquer outro lugar do planeta, até porque lhe remeteria a outra realidade bem distinta e da qual perdemos totalmente as referências — disse Nemo para reforçar a mesma impressão do personagem.

— Mas tenho outras ideias.

— E acompanho a sua linha de raciocínio, continue!

— Que ele seja capaz de plantar impressões na consciência de todos.

— Mas, para tal, teria antes de se integrar e obter o nosso apoio para uma atuação completa programada — disse Nemo.

— Nesse caso, então, seria melhor mantê-lo por perto.

— De que modo?

— Com uma função pré-definida já seria um bom começo.

— Esplêndido.

— Vamos trabalhar nesse sentido — respondia-lhe de novo o lado mais ponderado naquele assunto.

— Não pode mais permanecer como Colineiro! — continuou Nemo.

— Apenas no começo para descaracterizar um ser vagante e distingui-lo de outras figuras mitológicas que pululam os arredores daqui para alavancar o turismo da região e principalmente seus negócios.

— E já não seria adequado depois de levar multidões inteiras a se encantarem com o fenômeno estelar a ponto de presumirmos que sua identidade real até estaria diretamente vinculada ao mesmo astro de outro lugar — disse Nemo na última esperança de convencer-se a si e ao delegado de que não se tratava de uma inteligência artificial porque teria um paradeiro, uma origem bem definida, assim raciocinavam.

— Exatamente, a partir da descoberta do registro de uma nova estrela, mesmo na Terra, você diria? — questionou o delegado Viriato.

— Exato e, no caso, seria obtida de um nome científico atribuído, desde a origem ao histórico que poderia forjar fora daqui, caso fosse questionado, e que no mínimo lhe rendesse uma homenagem e notório reconhecimento que repercutisse para além dessas fronteiras virtuais para impressionar a nós e ao povo, isso é fato.

— Possivelmente assim logo saberíamos se é verdade ou de quem se trata, pelo nome e pela verdadeira identidade originária, se pudéssemos nos evadir da órbita de Pilares.

— Pelo visto está se adiantando de novo, delegado — disse Nemo, no eco de suas próprias impressões ousadas, forjadas no raciocínio lógico para compreender melhor algo que ainda não se encaixava.

— E por que, você diria?

— Diga você, no âmbito de sua mente investigativa e minha imaginação combinadas, até aonde poderíamos chegar?

— Sob reais circunstâncias, eu diria que o esforço para ir atrás de informações não seria em vão, dado que, de posse da localização do astro, chegaríamos à outra identidade dele no livro de registro dos direitos autorais do Global Star Registry, nos EUA, embora não seja assim tão simples, pois a suposta estrela foi batizada com um nome desconhecido para nós — disse Viriato.

— E se, nesse caso, do Planeta Terra, a localização fosse a mesma e obtivéssemos as devidas coordenadas visuais da respectiva galáxia?

— Mesmo que fosse possível, o nome High Star não serve de referência para iniciarmos o trabalho?

— Sim.

— E se não for uma estrela, apenas um falso registro para desmascará-lo? Dificilmente uma estrela brilharia no céu apenas em um dia da semana.

— Se minhas suspeitas se confirmarem, duvido que obtenha mais informações além dessas suposições, sem que ele voluntariamente esclareça, esses seres estão sempre vários passos adiante — disse Nemo.

— Já que estamos longe como você diz, o que propõe, então?

— Restringirmos daqui nossas possibilidades de uma averbação bem bolada no registro do nome do *saloon* que remeteria à descoberta da estrela com o mesmo nome para servir de referência à identidade dele — elucidou Viriato.

— Talvez Lemos não acredite no que está por vir, mas duvido.

— Sim.

— Preciso me situar melhor — refletia Nemo, que tentava inutilmente lembrar-se do enredo perdido do outro lado, nas linhas de cada página do manuscrito que se apagavam da memória a qual tentava inutilmente reagrupar a partir da releitura de sua vida pregressa a fim de estabelecer coerências, porque o subconsciente trabalhava impressões renovadas de cada personagem que renascia das cinzas, livres de toda sorte de inconformismos e frustrações passadas.

— Preste atenção! Vamos ao início, a partir da primeira notícia que obtive dele hoje — disse o delegado na conversa de poucas horas que pareciam, em Pilares, uma eternidade.

— Claro! Do primeiro sinal que obteve do suspeito.

— Exato, obtido aqui por perto.

— Então, continue — disse Nemo, dirigindo o olhar para o infinito, além das montanhas.

— Daí, percebemos que seguia pelo mesmo itinerário e ouvimos o som se alastrar, ao distanciar-se da cidade com rapidez impressionante — disse Viriato, dando um intervalo.

— E então?

— Fui atrás e permaneci no seu encalço até perdê-lo de vista e só então confirmei com uma testemunha o seu paradeiro, portanto só poderia ser ele, inclusive pela jaqueta bege que trajava.

— Perfeito, mas a intenção talvez não tenha sido simplesmente a de fugir.

— Talvez não, mas foi a melhor escolha para ele.

— Sim.

— E quanto a você, como isso tem afetado sua rotina?

— Sem qualquer preocupação de minha parte, porque não o considero tanto uma ameaça, fora o incômodo de ter de fechar o bar mais cedo nas noites de quarta-feira porque a escalada do público esvazia o bar.

— O que quer dizer com isso?

— Que podemos conviver em paz por enquanto — disse Nemo para se consolar.

— Melhor pensar assim mesmo — disse o Oficial, finalizando a conversa com o último gole da caneca de mate gelado, pois a manhã já ia embora e ele era tomado pela pressa.

Assim, Nemo permanecia ainda de pé a observar aqueles raros mutantes que viviam sempre o mesmo sonho de almas engajadas, que durante a vigília não acumulavam memórias nem necessitavam de nenhum outro reconhecimento, além do hábito de fazerem do prazer o seu trabalho e elevarem seus espíritos servindo outros no meio cibernético, como uma das características que as pessoas mais bem-sucedidas simulavam nos sonhos.

Portanto, naquela hora, quase todos se mantinham mobilizados pouco depois do esvaziamento da ala do café enquanto o restante dos efetivos se voltava para a outra parte do balcão no extremo oposto do *saloon* e próximo ao buffet, onde o público viria a concentrar-se até o final do dia, pois ali o ambiente era constantemente adaptado para almoços, assim como nos jantares dançantes, mas ainda ampliado para o alpendre nos recitais ou durante a temporada de shows, época em que renomados fantasmas vinham afinar os instrumentos e deixavam a população ensandecida com os acordes alucinantes que tiravam das guitarras flutuantes, sempre nas noites de quarta-feira.

8

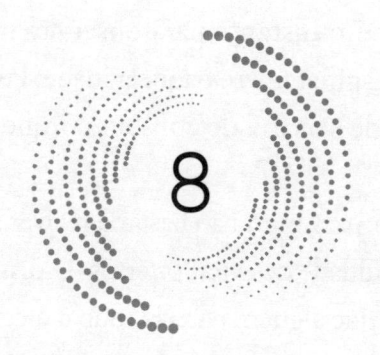

Ainda faltava um par de horas para encerrar o expediente e, como de costume, o notário era o último cliente a sair de lá, depois de validar as impressões diárias das narrativas de novos fatos a que daria a devida fé pública.

E a conversa com o autor fluía como de costume até que um bando de rapazes invadiu o estabelecimento pouco antes da hora de fechar e dirigiu-se sem cerimônia alguma ao roupeiro para entregarem os jalecos ao guardador com a mesma pompa e altivez de cidadãos ilustres, até que se revelassem os mesmos moleques de sempre a correrem deslumbrados para as mesas de bilhar.

— Matracas de maritacas desafinadas e arredias — disse Nemo sorridente.

— Quem dera tivéssemos a oportunidade de voltar assim no tempo renovados, mas com toda a experiência adquirida, é claro — disse Lemos.

— E isso por si só já bastaria a você?

— Não, creio que ainda não!

Calaram-se por um instante para observarem o que se passava, ainda capazes de imaginarem-se naquela idade. Por um instante, nem mesmo a maturidade serviria de consolo porque não aprenderam a envelhecer.

— Vou ser franco, para mim não bastaria reviver a experiência, se não tivesse outra oportunidade de evitar os erros — disse Lemos, sem obter resposta alguma porque alguém parecia roubar a cena naquele instante.

De fato, o camareiro estava eufórico e cheio de ginga na conversa com a rapaziada, como se fosse um deles a ponto de esquecer que tinha quase sessenta anos, e tirava até onda com isso, nos trejeitos absurdos das impressões que resgatava da juventude.

Tudo ia muito bem, até as diferenças se exacerbarem a ponto de torná-lo um verdadeiro palhaço articulado e nem a deferência inicial da idade e o respeito inerente o salvaram de rirem da cara dele para no final se concentrar apenas na emissão dos *tickets* das roupas que lhe confiaram, assim como em dar as orientações da casa, que ignoraram, como muitos jovens que se julgavam importantes e, ao contrário, não queriam parecer tão jovens.

Do outro lado, os dois velhos se acabavam de rir da cena.

— Está vendo só? — disse Lemos.

— Sim, sempre me surpreendo!

— Será que vão querer pagar fiado ou simplesmente dar o cano? — disse o outro, rindo.

— Sei lá! Mas a fase das aprontações é a mesma em qualquer lugar ou época em que a gente se vê importante longe de casa e no meio da galera.

— Pois tenho registros de cada um deles: Arthur, Cairo, Pedro, Ciro e... — disse Lemos quando a memória já começava a falhar.

— Conrado — completou Nemo.

— E seria ainda capaz de identificar-se na mesma idade em algum deles? — perguntou enquanto os rapazes cercavam as mesas de bilhar e definiam as duplas.

— Com o Cairo, o que dá pitaco e convence como nenhum outro!

— Você acha mesmo?

— Lógico! Olha lá quem foi o primeiro a escolher o taco e formar as duplas! — disse Lemos.

— Então, se consideraria um líder dessa maneira?

— Se você não acha suficiente, o que mais poderia considerar? — disse o outro.

— Reações vêm das atitudes ou da impressão fortalecida nos outros de ele ser ou não mais popular, pois um líder nato não se revela só assim, nem se esforça muitas vezes para que percebam que está lá.

— E também cai na preferência delas!

— Daí é por sua conta! — disse o outro com uma risada.

— E você, velhão, com quem mais se identifica ou escolheria como avatar do seu passado?

— Pedro, é claro, de boa aparência e perspicaz!

— Então o escolheria para representá-lo?

— Sim, por que não? Deve ser o pegador do grupo e os que sabem não se conformam.

— Você devia então considerar-se o Dom Juan da turma? — disse Lemos, rindo.

— Eu não me considerava, eu era o próprio!

— Ah, tá bom!

— Tinha o apurado senso de oportunidade.
— Sério?
— Talvez não tenha sido o macho alfa que faça lembrar sua posição o tempo todo! — respondeu Nemo na lata.
— Então, quer me convencer de que também era assim até na aparência, velhote?
— Sim, nenhum concorrente à altura — respondeu o velho tão empolgado que parecia energizado como alguns daqueles rapazes.
— Calma! Não se precipite tanto, que o coração não aguenta! Eu acredito, acredito mesmo em você — respondeu o cliente com um tapinha nas costas e uma tremenda gargalhada.
— E o que acha mais que tem o Cairo para convencer você, dá porrada nos outros?
— Não, tem limitações como todos nós — retrucou.

E assim acompanhavam ambos a algazarra de longe, cada vez mais entretidos com utopias recriadas até os jovens finalmente irem embora, sem nenhuma razão aparente. E levaram com eles as impressões compartilhadas dos pobres velhos, mas, na pressa, esqueceram os próprios casacos.

— Imagino até quem seriam os pais de cada um desses marrecos e nem você se surpreenderia em reviver a mesma experiência do outro lado, não é mesmo?
— Se quer dizer que não estranharia a possibilidade de ser o pai de um deles? Talvez não, mas não me vejo assim, não desse modo.
— Ora! Ora! Você é o autor, tente imaginar a ascendência.
— *No more*! — disse Nemo enquanto flagrava Lemos com o olho vidrado, a mesma expressão que Susi provocava nele para lançar outra evasiva de elogios despropositados que dissimulavam a obscenidade

de olhares sedentos que se embrenhavam pelos decotes dela e desciam por outras curvas sinuosas e cada vez mais tortuosas, guiado pela impressão do desejo até onde levava o caminho da perdição, e sempre fechava os olhos depois, quando era flagrado, testando as reações da atendente, que parecia também gostar daquilo e se curvava de propósito para expor ainda mais o belo traseiro.

Contudo, não era de modo algum levado a sério em suas impressões amordaçadas porque mais parecia um cão vira-latas que corria atrás dos carros até pararem e depois não fazia mais nada e se continha ao pensar na finada esposa.

Entretanto, ao abrir os olhos daquela vez, não veio a oportunidade e reparou que ela havia desaparecido em segundos de sua frente, o suficiente para puxar outro assunto.

— E o delegado?

— O que tem ele?

— O que veio fazer aqui tão cedo naquele dia, afinal? — perguntou ele para disfarçar a cena enquanto olhava para todos os cantos, como se tivesse perdido algo.

— Nada que valha a pena ser comentado — respondeu Nemo com um meio sorriso do homem conhecido como o funeral de intrigas inacabadas e informações precipitadas dos fofoqueiros de plantão, que sempre morriam ali com ele.

— Onde está Susi, afinal?

— Não apareceu por aqui ainda hoje, mas logo estará de volta — disse Nemo.

— Pois eu poderia jurar que estava aqui há alguns segundos — retorquiu Lemos incrédulo.

— Não, meu velho, deve ter sido abatido por uma daquelas impressões furtivas e passageiras, porém tão marcantes que tomavam formas.

— Tenho certeza de que não poderia ter sido um fantasma!

— Por que não? Talvez seus pensamentos devam ter se cruzado das impressões cibernéticas coincidentes, como as assombrações aparecem por aqui ocasionalmente — disse Nemo, que não deixava escapar uma gargalhada e recebia de volta o olhar do cético que ignorava completamente aquele tipo de conversa.

Em seguida, viam aumentar significativamente o fluxo de pessoas que faziam do lugar uma parada obrigatória, mas contavam com uma equipe gabaritada e belas atendentes, as quais alimentavam simpatias e o ego de alguns fregueses que se julgavam os seus prediletos e até gabavam-se disso para outros, os quais, por sua vez, duvidavam por serem igualmente paparicados.

Contudo, naquele mesmo dia viriam a experimentar uma terrível baixa com a saída de Joarez, que, depois de tantos anos de dedicação, parecia mesmo fora do jogo, determinado a ir embora, e não haveria argumento algum para dissuadi-lo, isso é o que imaginavam.

9

— Tudo ia bem até Joarez ir embora!

— Então o atual não é nenhum substituto eventual que arrumou para cobrir a ausência? — perguntou Lemos.

— Não é nenhum trabalhador eventual, mas foi bem recomendado.

— Como ele se chama?

— Abel.

— E quanto à valorosa contribuição do outro, acha que ele seria competente para substituí-lo? Tenho dúvidas — disse Lemos.

— Certamente sim, se considerarmos que não estava tão motivado e os casacos se tornassem apenas peças de indumentárias perdidas para classificação de avatares.

— Não me recordo se é um mutante ou um daqueles casos em análise porque eu, pessoalmente, não me lembro, ou cheguei a ter contato com esse sujeito. Você se arriscaria?

— Sim, perfeitamente! — disse o anfitrião que ocultava o episódio da descoberta da estrela à lembrança do notário.

— E como o novato faria a diferença?

— Digamos que Abel teria outras habilidades ligadas à funcionalidade do sistema, além de outros recursos.

— Como assim?

— Que se presta mais a soluções inovadoras, como emular padrões cerebrais diferenciados em avatares, por exemplo.

— O que quer dizer com isso, um nível avançado de inteligência artificial, além dos padrões pré-definidos dos personagens centrais? Faça-me o favor!

— Sim, para a proteção de dados e nossa própria segurança poderíamos conciliar a função em um ponto chave de redefinição do papel de avatares.

— Então, vamos aos fatos, qual a relevância da relação estabelecida das impressões com casacos para darem um novo tom a episódios isolados do passado?

— Tenho cada vez menos o domínio dos episódios escritos, mas acredito que seria uma maneira de preservar a dinâmica dos acontecimentos dos próximos capítulos da história recriados no presente enquanto tivermos essa possibilidade.

— Assim como o repositório de impressões perdidas que havia mencionado antes?

— Justamente.

— Creio então que, com as ferramentas adequadas em mãos, esse personagem nessa função poderia até atuar como um dos mutantes que sonham aqui reiteradamente.

— Sim.

— Daí inferimos que até aqui o destino se desenrola e não poderia antecipá-lo ou virar as páginas como num livro, não é verdade?

— Perfeito!

— E quanto a Joarez?

— O que tem ele?

— Pareceu precipitada a decisão dele, levando em conta toda a expertise adquirida na função e, sobretudo, as amizades que angariou por aqui — disse o notário.

— Sim, pouco adianta, fatalmente permaneceria ainda cativo às mesmas lembranças longe daqui e das impressões de todos como um fantasma arrependido que nunca se desvinculou do passado.

— Muito bem! O que você acha, então?

— Que não descartou outra oportunidade ainda melhor e bem próxima daqui.

— Nesse caso, até eu posso ter sido pego de surpresa?

— Certamente já teria criado vínculos indissolúveis e subsistentes firmados nas proximidades.

— Essa é mais uma teoria que vem tomando corpo como uma infinidade de impressões aleatórias — disse Lemos com uma risada sarcástica.

— Pois é! Teorias proliferam por aqui tão facilmente quanto a fumaça se esvai das cinzas impregnando ambientes, e se configuram imediatamente em expressões diluídas, mas condizentes para se formatarem a partir da alma de qualquer indivíduo resgatado das impressões de todos — disse Nemo com a última tragada antes de apagar o cigarro no cinzeiro.

— Para mim, ainda é mais fácil imaginar a fumaça condensada em ilusões nebulosas que alimentam sua loucura — disse Lemos impaciente.

— Muitos já se equivocaram por recusarem a enxergar adiante.

— Então, melhor nos situarmos no presente.

— Sim.

— Responda-me, como um substituto inexperiente e desconhecido poderia gerir na prática esse departamento com outras funções correlatas?

— Como qualquer novato, cada um deixa a sua marca de diversas maneiras e ele não estaria aqui por acaso.

— E o que mais?

— Se considerarmos que foi indicação de Viriato e o próprio Joarez deu o aval e cuidou de iniciá-lo no ofício, você se convenceria melhor.

— E o treinamento possibilitou alguma inteiração com outros da equipe? Esse é um aspecto relevante a considerar.

— Sim e, por sinal, obteve ótimo desempenho, provavelmente você também se surpreenderia com o personagem improvisado — disse Nemo.

— Ou talvez não — disse com convicção o interlocutor, olhando a figura que ainda lhe causava arrepios.

— Por quê?

— Algo no aspecto dele não me agrada.

— E por que diabos?

— Veja o cabelo *a la niño de termitas* e o bigodinho ordinário e ridículo que não combina com a barbicha rala da figura!

— Sei!

— De onde viria uma impressão tão esculachada?

— O que eu percebo, companheiro, é que o efeito placebo da bebida deve ter lhe subido à cuca, não o encaro assim! — disse Nemo sorridente.

— Creio que não, veja como é dissimulado e muda suas formas!

— E daí?

— Eu jamais poderia ter criado um estrupício desses em meus registros a partir de um avatar, mas vamos ignorar o fato por enquanto.

— Sim, mas as impressões não vêm só das aparências e não definem o verdadeiro caráter para credenciá-lo, como sabe — disse Nemo ao olhar de longe o camareiro.

— É mesmo? Então, como qualquer um que vem apenas sonhar, ele não poderia se manter ou criar um vínculo.

— Questionável seria, se fosse o caso, tratando-se de uma falsa impressão e você não tem nenhuma bem formada dele!

— Ah! E o que mais?

— O mais importante agora é que se lembre ao máximo de seus registros — disse Nemo, que prescindia ainda mais dos serviços do programador na medida em que a rede se ampliava de várias dimensões do passado recente, mesmo que o tempo ainda relativo se resumisse aos acontecimentos em um único espaço determinante do *saloon*.

Contudo, outros personagens pareciam articulados em segredo e pouco se sabia do que ainda estava por vir, assim como a memória dos acontecimentos recentes, que ainda se expandia com a consciência de todos naquele microuniverso.

— Dos registros eu me encarrego ativamente e posso dizer que não deveríamos manter alguém suspeito ou que se mantém na clandestinidade.

— O que quer dizer com isso? — questionou Nemo, fazendo-se de desentendido enquanto ainda pensava numa resposta mais adequada.

— Dê-me, por exemplo, motivos para ele não retirar o sobretudo, como fazem todos os outros fregueses.

— Talvez para manter a apresentação, além do mais a indicação de uma autoridade no assunto, como o delegado, já seria relevante, pelo menos por enquanto — disse Nemo.

— E para você, aqui, como valeria ou poderia melhor aproveitá-lo?

— Logo descobriremos.

— Você acha?

— Sim, uma ótima oportunidade para ambos porque eu me beneficiaria em trabalhar com ele até a hora de descartá-lo.

— Como um coringa na manga, você diz.

— Talvez!

— Dificilmente haveria alguém que se comparasse a Joarez, levando em conta a memória da experiência acumulada em empresas do ramo hoteleiro, como você mesmo havia narrado para mim.

— Sabemos disso, mas não há mais nada a fazer, esqueça o passado e tome outro drinque.

— Se considerar ainda o seu currículo incomparável — insistiu Lemos, levantando o copo para mostrar que precisava ser reabastecido de outras impressões etílicas.

— Sem dúvida — concordou Nemo, sinalizando à atendente com um gesto a intenção antes de continuar a conversa.

— Trabalhou para gente famosa e conhecida — continuou o notário.

— Sim, temos conhecimento.

— Quem não se lembraria do magnata que passou grande parte da existência no Brasil e levava-o com ele para onde quer que fosse até o dia em que veio a falecer, um legítimo integrante da família Baumbach — disse Lemos.

— Sim, os Baumbach, os detentores de um império farmacêutico alemão e com forte atuação no ramo hoteleiro, uma ótima referência, e até diziam que Joarez não saberia cuidar tão bem de si quanto dos outros, lembro-me bem dessa declaração.

— Como um legítimo abnegado que parece ter nascido para servir e também fazer graça — disse Lemos.

— Nessa parte o senso de humor dele é insubstituível — disse Nemo, que omitia outros detalhes, como o fato de que na época o serviçal havia sofrido muito com o passamento do empresário e só viria mesmo a trabalhar no High Star em virtude do interesse do autor por relógios antigos, por ter tomado conhecimento da venda do acervo anunciado no jornal e se decidido a viajar centenas de quilômetros para ver a coleção, o que propiciou o primeiro contato com Joarez, que poderia melhor auxiliá-lo na função naquela época.

— Daí a importância da experiência, como essas referências — disse Lemos.

— Entretanto, como penitentes saudosistas de um mundo já perdido, experiências como essas não desqualificam a de outros com mais informações.

— Você teria outras informações? — inquiriu Lemos.

— Não o bastante, mas em breve confirmaremos mais outras impressões dele fora daqui.

— Quais seriam?

— As impressões do Hotel Atlântida, é claro, pois não teria ninguém melhor para substituí-lo por lá — respondeu Nemo.

— Agora entendo tudo — disse Lemos, olhando o outro com os olhos arregalados.

— Entende como?

— Que pelos meus registros cartoriais o Hotel Atlântida foi adquirido e escriturado pelos Baumbach, nas proximidades da cidade, o que denota que seria sugestão de quem? — disse Lemos.

— Nesse caso, a sugestão viria do próprio Joarez à família do falecido para que adquirissem o negócio se credenciassem para o jogo e o empregassem, daí teria muito mais motivos para voltar a trabalhar para eles e manter as impressões tão arraigadas — disse Nemo, ainda mais impressionado com os rumos que a história tomava sem a sua interferência.

— Eu não seria capaz de prever isso — admitiu o notário.

— Sim, nada mais justo do que um reconhecimento ao empregado, com uma vaga de gerente e participação merecida nos negócios, depois de ter cuidado da família tanto tempo — disse Nemo, crente de que em breve até o patriarca voltaria do além para reassumir definitivamente o comando e tinha arrumado um jeito manter a fortuna e eternizar-se em Pilares, em seu hotel fantasma fundado no meio cibernético, sem que ninguém ainda tivesse a oportunidade de adquirir algo em Pilares e muito menos com criptomoedas.

— E também não poderia imaginar uma coisa dessas, certamente o patriarca mereceu o privilégio, com registros escriturados, mesmo que não pudesse se considerar um personagem central.

— Mas resta uma dúvida — disse o notário.

— Sim, vá em frente!

— O substituto teve a opção de escolher outras atividades, mas demonstrou interesse em se fixar aqui, será que foi logo ao descobrir que poderia ocupar a vaga de Joarez?

— É uma boa hipótese.

— E, mesmo pela suposta falta de experiência, o que justificaria tal motivação? Essa é uma dúvida que você não deveria ter.

— Talvez você mesmo esteja apto a responder!

10

Poucos dias depois, com o *saloon* movimentado no início da noite, os dois amigos ainda mantinham a conversa, que parecia nunca se interromper.

— Agora que encerramos o capítulo de Joarez, posso garantir-lhe que o substituto já domina o ofício — disse Nemo em mais uma rodada de uísque.

— Será mesmo?

— Pelo menos tem demonstrado.

— Se é você é quem diz...!

— Sim, que tal conhecer melhor o alvo de suas intrigas?

— E por que não? — reagiu imediatamente o notário, que se levantou em seguida.

— A propósito, tenho uma questão a abordar com ele, preste bem atenção! — disse Nemo a poucos passos do guichê.

— Okay.

— Abel! — chamou-o Nemo logo em seguida.

— Sim, chefe!

— Tem notícias dos donos dos casacos esquecidos, um grupo de jovens que esteve aqui poucos dias depois da saída de Joarez?

— Sim senhor! — disse Abel, sacando do bolso externo próximo à lapela do sobretudo uma argola de chaves que lançava ao ar e com habilidade empunhava imediatamente a única a ser utilizada para destrancar o suntuoso Ataúdes.

— Aqui estão todos eles, separados.

Em seguida, retirou as peças e as estendeu sobre o balcão e rapidamente se voltou para ambos o suficiente para notar que Lemos denotava um certo ar de estranhamento até serem devidamente apresentados.

— Desculpem-me! Abel, esse é Lemos, um dos maiores frequentadores e também amigo meu.

— É uma grande satisfação! — disse o mordomo muito educado.

— O prazer é todo meu! — respondeu cordialmente o cliente para minimizar o desconforto aparente.

— Verifique, por favor, nos bolsos se há alguma indicação de seus donos.

— Já foi providenciado — disse o mordomo.

— E o que disseram?

— Asseguraram que virão em breve reavê-los, senhor.

— Ótimo! — disse Nemo pouco antes de ser interrompido por outros frequentadores que se movimentavam em direção à saída e pararam ali para cumprimentá-lo, no mesmo instante em que Abel disfarçadamente dava andamento a outras atividades porque Lemos mantinha-se a observá-lo bem próximo, em cada movimento preciso e quase automático, como se fosse capaz de perceber que os imensos olhos vidrados mal disfarçavam ora o aspecto ameaçador de um zumbi a absorver quase toda a energia do ambiente, ora apenas o de alguém que não conseguiria manter por muito tempo a capa protetora de uma personalidade em frangalhos, provavelmente resquícios de um sentimento dissociado do outro lugar qualquer de onde vinha. Entretanto, a impressão suspeita também se apagava instantaneamente como uma lacuna temporal quando Nemo retomava a conversa, até que um comentário de Abel sobreveio.

— A propósito, percebo várias semelhanças nos casacos dos senhores com os desses jovens, permita-me, senhor! — voltava-se o mordomo para Lemos, que, surpreendido, notava imediatamente uma etiqueta com a inscrição do nome de Cairo.

— Para mim é estranho comparar o meu casaco de tecido nobre com esse outro aí, uma jaqueta velha de couro puído.

— *Vero*! Contudo percebo muitas semelhanças, senhor!

— E onde estariam, precisamente? — perguntou o notário com espanto.

— No tamanho e caimento, por exemplo, poderá comprovar que veste melhor e bem mais confortável que o seu próprio sobretudo.

Nesse meio tempo, o anfitrião, que já se desincumbia de outros afazeres, voltava novamente as atenções para ambos e parecia mesmo ter captado a parte final do breve diálogo antes de interrompê-los.

— Por acaso esse não é o daquele jovem com quem você se identificava naquela noite? — disse Nemo.

— Parece que sim.

— Então, mais um motivo para experimentá-lo e notar como ficaria bem vestido nele! Com licença! — disse Abel como um vendedor de loja ao freguês relutante, que por um instante se deixou levar pela lembrança irresistível da adolescência, de quando se vestia despojadamente e dava o seu primeiro grito de independência. No final, o senso do ridículo prevaleceu sempre para dizer que não lhe convinha, não naquela idade.

— Melhor não — respondeu o notário.

— Vamos lá! Que mal há nisso? — insistiu Nemo.

— Permita-me, por favor — disse Abel, ainda mais insistente e ao perceber que o cliente quase cedia e tomou a iniciativa, desaparecendo e ressurgindo do outro lado do guichê como um relâmpago, sem dar oportunidade alguma de reação até que o cliente já se via vestido nele, sem esboçar qualquer reação.

Em seguida, também oferecia o outro modelo ao patrão, que interpretou o gesto como sugestão irrecusável de que também deveria entrar no clima e não relutou a proposta de vesti-lo.

— Esse é de Pedro, o do outro rapaz? — perguntou o patrão.

— *Vero*.

— Isso mesmo! — disse Nemo também surpreso enquanto ajustava a jaqueta e assumia a identidade de outro avatar.

Num átimo de tempo, pareciam ambos se esquecerem de tudo e se transportavam para outra dimensão psicológica, com uma sensação inicial de formigamento que fazia os músculos se retesarem, cada vez mais firmes e hipertrofiados das carcaças de pobres velhos, despojos de uma batalha injustificável, tomados de um afluxo de energia e disposição de jovens deslumbrados.

Assim, também percebiam retroceder o tempo da razão que ainda tinham para alimentarem uma utopia, sem peso algum ou resquício de remorso ou de outras lembranças que se somaram.

Desse modo, as articulações comprometidas, quase emperradas, das armaduras das responsabilidades e cuidados que adquiriram com o tempo se reconfiguravam das mentes de jovens deslumbrados, dos avatares tão cobiçados, que faziam com que parecessem quase quarenta anos mais jovens, amontoados nas mesas de bilhar.

Enquanto isso, Abel se precavia e tratava de ocultar os espelhos mais próximos e também monitorá-los de longe como brinquedos a corda que tinham tempo certo para funcionar.

— Esse é o meu taco — disse Cairo, tomando da mão do outro que mal reagia ao arquétipo do passado de Lemos, que assumia características peculiares que apenas ele e ninguém mais perceberia para vangloriar-se.

— Sim, não vai fazer muita diferença.

— Como será o jogo, afinal? Na bola da vez ou não? — insistiu o outro sem obter resposta alguma e apenas assistindo o amigo simular algumas tacadas e brincar com a sua paciência até chamar a atendente mais próxima.

— Duas bebidas, por favor — disse ele, gesticulando como um lorde investido na falsa impressão de si, para só depois responder ao adversário.

— Pode espalhar as bolas porque vai perder do mesmo jeito — respondeu, muito depois, o outro, que ainda puxava o taco dele antes da jogada, só para tirar a concentração.

— Tá apelando, agora é?

— Bora lá...!

— Olha ela lá, de olho em mim de novo! — interveio Cairo de novo, dessa vez mentindo porque sabia que o outro é que era o alvo dos olhares da atendente, cada vez mais comovida com o chefe, que parecia um demente que perdia totalmente o juízo e as estribeiras.

— Não é você que ela vê, peão! — disse o adversário logo depois de espalhar as bolas na mesa.

— Pois vá em frente!

— Sim, por que não?

— E espere depois até ela descobrir que você é um tremendo animal — dizia o adversário em alto e bom tom, com toda a elegância.

— Olha a insegurança! Uá, uá, uá...

— Pronto! A sorte está lançada e quem perder paga toda a rodada — continuou Pedro, com o estilo e categoria de líder que lhe era de praxe enquanto desfazia o engano e piscava de longe para a atendente japonesinha Benzaquem, que se transformava e já parecia devorá-lo só com os olhos, embora sem disfarçar o mesmo sentimento de compaixão de alguém que pretendia adotar um velhinho.

— Ponham logo na conta do maluco, porque, quanto mais ele perde, menos é capaz de se lembrar — continuou Cairo, arrancando gargalhadas.

— Devo admitir que seu senso de humor disfarça a frustração da derrota — disse o outro, reproduzindo falas dos velhos filmes de faroeste.

Bem próximo da cena grotesca, outros comentários ainda vinham e não eram captados pela dupla:

— O velho Nemo enlouqueceu de verdade, não é possível — disse um dos clientes, que o via bater com força a mão espalmada sobre a mesa de bilhar depois de encaçapar outra bola da vez, e até desafiava o companheiro para uma queda de braço.

— Temos de intervir agora, último grau de senilidade. Deobaldo!!! — ouviram alguém de longe chamar o segurança com braços da largura de troncos de árvore, mas o público não se alarmava, se divertia muito mais e não queria perder nenhum detalhe.

Até que Pedro deu uma pausa na bebida para intervir, tentando evitar que o parceiro rejeitado e totalmente bêbado tentasse roubar um beijo da pobre atendente.

Em seguida, com um gesto, solicitou a conta e lhe informaram de novo que nada devia e jamais precisaria se preocupar e só isso o faria sentir-se importante como ninguém que ainda não se atinava de que não era um astro que proporcionava um fabuloso espetáculo ou o dono do estabelecimento que não poderia dever nada a ele próprio.

Depois, dirigiram-se ao guichê para entregarem as jaquetas e paulatinamente viram-se libertando da utopia dos jovens, como as últimas ilusões perdidas, e confirmaram depois que haviam sido vítimas de uma sugestão talvez necessária para não se deixar levar tão facilmente por falsas expectativas de ilusões passageiras, pois nem a melhor fase da juventude poderia suprir a satisfação e a paz de espírito adquiridas na maturidade, a única forma de se descobrirem autênticos como nunca antes na vida.

Ato contínuo, depois de devolverem as peças, apenas observavam boquiabertos Abel guardá-las e, em seguida, perguntar se haviam se divertido e tudo parecia assim se justificar por algum motivo, plenamente satisfeitos e conformados de que aquele tipo de ilusão não mais lhes serviria, assim como as jaquetas pareceriam depois totalmente carregadas de falsas impressões alimentadas deles mesmos.

Assim, tal experiência nem poderia ser registrada no manuscrito e cairia facilmente no esquecimento enquanto dois senhores permaneciam sentados no mesmo local de antes como se nada tivesse acorrido ou qualquer um de lá fosse capaz de se lembrar também daquele infeliz episódio.

— Senhor Nemo, se precisar ainda dos meus serviços, posso permanecer e dispensar os atendentes — disse Abel tarde da noite, como se nada tivesse acontecido.

— Pode ir, Abel, estamos bem sozinhos — disse ao novato, que ainda permanecia um pouco mais só para ajudar o restante da equipe.

— Não deveríamos brindar esse capítulo especial, se é que me entende, ou alguma impressão ainda lhe escapa, compadre? — perguntou Lemos.

— E por que não? — disse Nemo, observando o uísque, na melhor configuração da imagem virtual do efeito placebo que resgatava os momentos mais palatáveis e descontraídos da vida de um e outro alcoólatra e também de fumantes inveterados desde quando ainda eram jovens.

— Esse capítulo não foi escrito e nem poderia ter sido mencionado por algum motivo aparente — disse Lemos.

— Considere que não foi mesmo para você que não captou devidamente a experiência e talvez nem tenha acessado tanto essas lembranças quase intocadas seu imaginário.

— Talvez tenha razão — disse o notário.

— Entretanto, serviu de teste e conseguimos o que parecia inviável!

— Teste? — disse Lemos incrédulo enquanto olhava para os copos.

— Lógico! Do nosso repositório de impressões perdidas ou tardias!

Entrementes, era como se a lógica firmasse o entendimento de que alguns fatos ainda se realinhavam no presente para que o tempo transcorresse da melhor forma em Pilares, sem que ninguém mais notasse, isso e o que realmente importa, pensava Nemo, não fosse a evidência do conteúdo dos copos praticamente intocada com o gelo derretido.

11

O CLIMA FRESCO DA MANHÃ MANTINHA-SE AGRADÁVEL EM DECORrência do frio da noite anterior e trazia ainda mais pessoas para as ruas, assim como elevava a frequência na casa de shows, e nesse meio tempo o autor ainda aguardava o delegado Viriato para tratarem do mesmo assunto.

Embora daquela vez a autoridade tomasse outro rumo em direção às dependências do bar e nem se fizesse anunciar até ser vista percorrendo a curta distância da entrada principal em direção ao outro acesso facilitado da cafeteria, o que no mínimo pareceria estranho porque ninguém se utilizava da outra entrada naquele horário, Nemo parecia indiferente.

— *Buenas*! — disse, logo de cara, Viriato.

— Parece que tomou outro atalho desta vez, delegado!

— Ah, claro! Desviei a rota e não foi por acaso.

— Assim, até poderia imaginar sua intenção.

— E devo, por acaso, me justificar, então?

— Pelo que, afinal?

— Por minhas atividades laborais se confundirem com o lazer e não ter a devida oportunidade de entrevistar o camareiro no outro período sem despertar a atenção dos fregueses.

— Imagina! Compreendo perfeitamente seus motivos e é como se já soubesse.

— Então, estamos mesmo engajados nas impressões, não é? — prosseguiu Viriato.

— Perfeitamente! Além do mais, das tantas idas e vindas, já me acostumei com os clientes furtivos, principalmente às quartas-feiras, dias em que encerramos cedo nossas atividades.

— Pois é! Parecemos condicionados assim desde antes, quando a cidade inteira era tomada por procissões de aventureiros seguidores do tal Colineiro no meio da semana — disse o agente, olhando de longe para Abel.

— Nem me diga!

— E o que ainda mais espanta é a possibilidade de um forasteiro com tantos seguidores vir exercer justamente aqui uma atividade tão enfadonha.

— Talvez não seja para ele.

— Difícil acreditar que não — retrucou o agente.

— Então, a que conclusão chegamos, afinal?

— Que se disfarça tão bem que nem os seguidores o reconhecem mais aqui, no máximo um ou outro poderia identificá-lo investido na função, ou melhor, tão bem adaptado ao avatar que veste, camuflando outras impressões — disse, rindo, o delegado.

— Nem me diga! Ele se tornou até alvo das suspeitas do notário, que já implicou com ele, dessa vez por não pendurar o sobretudo, como todos os outros fazem.

— Não seja por isso!

— Sim, concordo, nada com que nos preocuparmos por enquanto, diríamos.

— Pode apostar, não fossem outras reclamações que surgiram e ensejaram boatos, como uma de notório conhecimento.

— Não diga! — refletia Nemo, que sabia a causa e não admitia nem a si mesmo e muito menos alardeava outras aparições misteriosas.

— Você sabe das vibrações que se confundem com ruídos de épocas insondáveis que jamais vivemos, como de músicas fabulosas que nunca ouvimos e imaginamos que um dia existiram.

— E isso também preocupa você, por algum motivo? "Pobres impressões limitadas no tempo", pensava Nemo.

— Lógico porque passou a incomodar muito mais pessoas, desde quando o bar passou a fechar mais cedo nesses dias e, ainda assim, na calada da noite, a cidade não se manteve em profundo silêncio, como antes.

— Difícil mesmo entender o motivo, não é delegado?

— Verdade! E você bem poderia falar sobre isso.

— Eu não! Mesmo porque sou o último a sair do bar e trancar todas as portas nesses dias — mentia o interlocutor, que nem ao menos era capaz de se convencer de que fossem entidades de outras dimensões ou de novas conexões estabelecidas além dos acessos de rede permitidos que ele e Lemos presumiam razoáveis.

— Então, não vieram daqui?

— De que modo?

— Ora! Em qualquer lugar as portas nunca se fecham para os ratos — disse o agente, com o péssimo senso de humor de que não se curava e fazia Nemo rir dele próprio, ao contrário dos outros, que quase choravam das piadas dele.

— Brincadeiras à parte! — continuou o delegado.

— Sim, já me acostumei com essas criaturas dos esgotos, de catacumbas e até de pesadelos.

— Verdade, e que ao final atribuímos a fantasmas!

"Esses fantasmas deveriam é estar nas nuvens", pensava Nemo sobre a necessidade de diminuir o armazenamento com a eliminação de aplicativos que sabe-se de onde vinham ou eram baixados para algum público específico direcionado para os eventos das quartas-feiras, embora mesmo o processador mais avançado de que dispunham ainda fosse precário e não reconfigurasse ou expandisse a memória automaticamente.

Decerto que ali, do enredo, não poderia admitir que não viriam diretamente de sua mente, mas de outra forma, dos propósitos de outros personagens desdobrados que ressurgiam e desapareciam inesperadamente, nunca foram vistos e pertenciam ao passado, daí serem considerados fantasmas que incomodavam o imaginário até nos jogos, virtualmente.

— E então? — disse Viriato depois de uma pausa e das risadas.

— Veja você mesmo a facilidade que determinados clientes têm de sumirem de repente quando está por perto — disse o outro, voltando os olhos para o camareiro enquanto o delegado se fazia de morto e perguntava em seguida:

— Assim como a suspeita de existirem ratos por aqui? Utopias que os lunáticos trazem do inferno que denominamos Terra.

— Sim, os habitantes parecem já ter visto esses bichos!

— Pois é!

— Mas só ocorre quando compartilhamos ambos ou outros, mais nossos próprios pensamentos.

— Justamente!

— No entanto, sabemos que em Pilares vários eventos previsíveis se sucedem, assim como demônios também surgem das recordações inesperadas e desaparecem, principalmente nossos mutantes, então por que vibrações de um bar vazio, a altas horas da noite, intrigariam tanto os habitantes?

— Não sei, nunca tivemos ocorrências deles aqui no avançar das horas, além do mais não são discretos e prefeririam outros lugares para sonhar durante as madrugadas se fossem apenas mutantes, por isso eu insisto.

— O quê?

— Você poderia supor a existência de alguma atividade estranha no *saloon* após sua saída? — inquiriu o delegado novamente ao autor disfarçado.

— Não, eu não percebo nada nesses dias, além de sombras se deslocarem até a saída no meu encalço, pouco antes de deixar o recinto — assombrava-se Nemo.

— E isso já não é comum.

— Sim, como fisionomias de formas inacabadas que todos tentam evitar nos pensamentos, aqui é o ambiente ideal para surgirem, mas não por tanto tempo.

— Verdade.

— Além do mais, deveriam maquinar essas bobagens nas casas deles, a portas fechadas.

— Pois é, alguns desses avatares ordinários que prestam queixa na delegacia ainda reclamam de vibrações, mas ainda é estranho.

— Pois bem, deixando os ratos e baratas, tudo parece ter uma causa ou motivo desde a origem da cidade, desde a concepção de miragens arquitetadas que se compunham e desfaziam-se no vácuo, até se firmarem nas impressões, aqui muito mais fortalecidas do que concreto armado.

— Eu sei, as ideias se deturpam em vários formatos por aqui, até pesquisas triviais de internautas a partir de algoritmos de busca, piores do que mutantes que apenas sonham, esquecem e não alimentam mais obsessões — disse Nemo, desconversando.

— O que te fez pensar assim? — perguntou o agente.

— Tem razão, melhor me conter com as teorias.

— Então, não há qualquer evidência de atividades ilícitas ou reuniões clandestinas no interior do prédio, está certo disso?

— Posso dizer que não — respondeu, hesitante, Nemo, que limitava a própria consciência à dos personagens, inclusive a do inquisidor, para as suas próprias atividades.

Portanto, seria melhor restringir a autoridade do delegado a um limite de entendimento suficiente para que não transpusesse a barreira do absurdo de acreditar na imersão virtual completa e nem considerasse a possibilidade de um jogo virtual de sua personalidade desdobrada para evitarem assim um possível distúrbio da consciência ampliada de uma parte de si, capaz de subverter a ordem a ponto de confundirem autor com personagem ou mesmo facilitarem o acesso de um agente nocivo com a memória compartilhada, por meio do mesmo *password*, a arquivos conexos e criptografados. Assim, ninguém mais além do notário teria ciência de tudo, ou quase tudo, e o devido acesso às demais funções?

— Curioso é que não são os mesmos, mas outros reclamantes que se manifestaram ultimamente — disse o agente.

— Por que será?

— Você por acaso acredita em fantasmas de forasteiros viajantes desconhecidos ou até na possibilidade de indígenas que habitaram os vales por vários séculos e se reúnem ainda aqui furtivamente? — disse, rindo, o delegado.

— Não, nossa origem é recente, isso é folclore.

— Como é?

— Não devemos ir além dos fantasmas das linhagens dos conviventes que já não podemos rastrear, tolerar ou deletar daqui — disse, contendo as próprias reflexões com o personagem e observando a fisionomia dele, cada vez menos configurado de suas impressões.

— Certo, mas e as suspeitas de atividades secretas? — indagou o delegado, atribuindo a devida seriedade ao assunto.

— Creio que não seja tão necessário, mas posso ficar atento.

— Combinado! Então deixemos de fora as falácias e voltemos às investigações — disse o agente, dirigindo o olhar desconfiado para Abel do outro lado do *saloon*, como se o camareiro pudesse elucidar os fenômenos inexplicáveis.

— Sim, o que sugere?

— O fato tem a ver com minha vinda aqui hoje, o comportamento estranho relatado do camareiro que tem merecido a atenção de Lemos — disse Viriato, sem rodeios, ao anfitrião.

— Sim, vieram dele essas suspeitas — disse Nemo, certo de que um antivírus se configurava naquela função, do mesmo modo que outras cenas se constituíam e retroalimentavam-se para prevenir um possível colapso do processador que nem ele ou mesmo o programador poderiam identificar, desde o início.

— E o que dizer mais a respeito, então?

— Que mantém a distinção, com iniciativa e ótimas ideias, embora dependente às vezes de minha anuência, é claro — respondeu, quase certo de que o sistema não estava corrompido, apesar de outra chave ou *link* de acesso da chapelaria não lhe ter sido confiado.

— É mesmo? Então temos mais um testemunho de sua capacidade?

— Poderia dizer que sim.

— Embora cometa erros reincidentes, às vezes.

— Não diga!

— Verdade! Já trocou o casaco de vários clientes, mas nunca reclamaram, pelo contrário.

— E você, o que lhe disse?

— Pedi explicações.

— Deve ter se ressentido, então.

— Não, pelo contrário, mostrou-se atento, com toda a humildade.

— E a que motivo atribuiria essa falha?

— À semelhança dos casacos, talvez.

— Então poderia considerar justificável o erro, até certo ponto.

— Sim.

— E já deu por falta de algum item durante o expediente?

— Jamais.

— Parece uma hipótese absurda, mas acredita na hipótese de os enganos serem intencionais?

— Creio que não haveria motivo aparente que justificasse — disse Nemo. "Aparente não", pensava, pois já sabia.

— Então, por enquanto, podemos considerar inconclusivo o inquérito e quem sabe até não teríamos um novo gerente aqui em breve? — sugeriu o delegado

— Talvez um dia, quem sabe, pelas habilidades.

— Como a capacidade de reunir seguidores e ainda manter-se aqui — disse Viriato.

— Sem dúvida, como já foi demonstrado.

— Contudo, tenho mais elementos para investigá-lo.

— Sim, gostaria de saber quais seriam.

— Refiro-me ao que Lemos, o notário, me confidenciou sobre uma experiência que tiveram recentemente que remete ao poder sugestivo que escapa à percepção dos mais refinados clientes — disse a autoridade.

— Isso é verdade.

— Então por que não relatou esse episódio?

— Porque surgiu de uma brincadeira e até certo ponto nos autossugestionamos, não houve prejuízo algum e eu mesmo tirei grande proveito dessa experiência bizarra.

— Certo! Eu me dou por satisfeito.

— Então não haveria motivos para nos preocuparmos.

— Diria que não, por enquanto, baseado no histórico, afinal de contas fui eu que o indiquei.

— E poderia também contar com minha ajuda para decifrar esse avatar que caiu aqui de paraquedas, embora eu não tenha há muito atuado mais como psiquiatra — disse Nemo.

— Exatamente por não o conhecermos melhor é que sugeri o contato mais próximo e imediato.

— Entendo! — disse Nemo, que já idealizava Abel como um interventor que bem serviria de catalizador de impressões perdidas.

— Aguarde-me um instante, que vou dar uma volta para refrescar as ideias — disse o anfitrião, pondo termo aos próprios questionamentos personificados do personagem inquiridor do delegado, que ganhava autonomia e já detinha considerável poder nas mãos, como a possibilidade de acionar o antivírus se a situação se revelasse incontrolável.

Portanto, era hora de trazer de volta outro personagem configurado do próprio ânimo para dar continuidade à trama. Pensando assim, se distanciava cambaleante em direção à saída até que retornasse fortalecido e com nova disposição que equivaleria a uma noite de sono.

12

Nesse intervalo, o movimento recrudescia e quase todos saudavam a chegada do prefeito, que se juntava ao delegado, o qual, por sua vez, permanecia ainda por lá como um cão fiel, à espera o autor para mais uma rodada.

— Pobres almas perdida — ouvia-se a voz de cada canto reverberar no ambiente das impressões de quem não estava, mas sempre parecia estar por lá.

— Quem disse isso, afinal? — perguntava um deles, enquanto a mesma sentença ainda retinia incompleta e ecoava pelos quatro cantos, da mesma impressão sorrateira que se modulava gradativamente da percepção dos outros: "... almas..., alma..., alm...".

— Certamente o bar não funciona bem sem ele — disse o delegado.

— E talvez nem a comunidade inteira, desde a origem.

— Justamente, assim como é certa a noção de que remontamos a pelo menos meio século de existência sem mudanças fisionômicas aparentes — disse o delegado, para quem a velhice nada mais era do que um carma, e não uma degradação do tempo.

— Mas denota sabedoria e boa qualificação, como notamos?

— Concordo!

— Assim como poucas referências do passado trazem coisas boas — disse Farinha.

— E de que forma? — questionou Viriato.

— Evidências de que o inferno já existia e haveríamos de prosperar cada vez mais distantes do passado!

— Você sempre em campanha, né, Farinha? — disse o oficial para o prefeito.

— Pois é! Como não poderia?

— Mas nem parece mais a mesma pessoa, está meio acabado e bem envelhecido — disse o agente ao personagem meio dissociado da realidade de Pilares.

— E você com a careca no cocuruto e a mesma banca!

— Ah, é!

— Assim que os amigos se reconhecem — disse Farinha.

— Imagine os inimigos, então.

— Estes falam pelas costas — disse o outro, e riram os dois.

— Mas, como ia dizendo, sob muitos aspectos até visuais, a fisionomia envelhecida me favorece — continuou o prefeito, que ressurgia com o aspecto bem diferente do que era citado no livro.

— E também essas mudanças o denunciam — disse o delegado num tom até certo ponto ameaçador.

— Pois é, Viriato, o meu cargo me dá imunidade completa para declamar livremente os pensamentos que alguns consideram utopias, mas não vou muito longe, apenas do presente para o futuro imediato, prosperidade é a palavra-chave!

— Assim você me convence mesmo! Voto em você, de novo!

— *Enquanto esperanças se renovarem em tempo breve, sempre teremos votos para elegê-lo, prefeito. Você me representa!* — escutaram a sentença completa daquela vez, e entreolharam-se, sem nem imaginarem que o personagem surgia pronto e acabado, forjado da lembrança de todos.

— Quem mais poderia dizer essas verdades? — questionou Farinha.

— Alguém próximo de nós!

— Que assim seja!

— E quanto ao notário, o que foi feito dele, afinal? — perguntou Viriato.

— Nem faço ideia.

— Pois deveria, ao pensar que ainda convivemos com os céticos — arrematou o delegado, sorridente, um lado tão pragmático de Nemo que ainda sobrevivia nele e assim adquiria um viés da própria personalidade que já não reconhecia, o que fazia do personagem quase se desvincular em total autonomia.

— Isso mesmo.

— E como vai sua atuação, prefeito? Encontrando muitas dificuldades?

— Nesse aspecto, nenhuma, o povo necessita mesmo de um executor para configurar expectativas, e não de legisladores para aperfeiçoá-las.

— E está bastante motivado, tenho certeza!

— Devo acreditar que sim, Farinha, e quem sabe até o Notário seria capaz de antever o seu sucesso, sem questioná-lo, he he he...

— Provavelmente não poderia atestar atos e fatos consumados, mas creio até que se pudesse faria minha vitória se consolidar nas urnas eletrônicas — disse o prefeito.

— Você realmente parece muitas vezes sonhar como um mutante — disse o delegado, acendendo um charuto configurado como a impressão virtual do próprio vício.

"Desse modo, obteremos melhores impressões e cada vez mais renovadas", ouviu-se.

— Quem disse isso? Se de mim não veio, ou de você, foi um augúrio de que me manteria como representante do povo.

— E de quem você acha que veio? — questionou o delegado.

— Logo estará aqui para dizer.

— Aprochegue-se, comandante! — reclamou o delegado, que já fumava compulsivamente e previa a chegada definitiva do anfitrião, naquele instante.

De outra baforada do Charuto, percebiam que a fumaça convergia e circulava na forma de um redemoinho que se dissipava lentamente, pelas extremidades em dois apêndices, enquanto, no centro, aparecia suspenso no ar um pequeno tufo que adquiria o formato suspeito de uma pequena mecha com o formato e o tom dourado do bigode de Nemo, que ressurgia plenamente reconfigurado com os braços abertos para saudá-los, em uma das poltronas mais confortáveis do puxadinho.

Coincidentemente, o notário, entretido com outras funcionalidades do sistema, percebia apenas a transformação e, como todos os outros, mal se dava conta de que janelas apenas minimizadas não se fechavam ou ocultavam o que não podia ser visto, até que fossem de novo ampliadas em enormes painéis de monitores sincronizados, o mesmo panorama edílico da paisagem remota obtida do *saloon* e todas as funcionalidades mais sofisticadas disponíveis para simular, desde o começo, o transcurso e o final de um outro dia.

13

Ao raiar do Sol, a brisa fresca das montanhas ainda resvalava até a cidade adormecida, que reproduzia a mesma paz do cemitério na poeira batida que cobria os alpendres, as fachadas e os umbrais e até adentrava pelos vãos das portas e janelas empenadas dos casebres, resquícios de uma era perdida do mundo exterior que se deteriorava, embora se preservasse de outro modo apenas aos que permanecessem jogando.

— Eu sou próspero! — repetia Nemo nessas ocasiões para espantar os fantasmas, parafraseando um personagem otimista que parecia em eterna campanha, como melhor antídoto para o saudosismo no momento em que se via assaltado por terríveis impressões de outro tempo durante a caminhada matinal. "Mas o jogo deve continuar", pensava finalmente, até tomar o rumo de volta.

Na mesma esteira de emoções recriadas, perfazia o notário, horas depois, o mesmo percurso, mas era assaltado de outro modo pelos demônios que atentavam contra o seu juízo, assumindo formas mais bizarras, afora as saudades anacrônicas e massacrantes que tentava reverter de outro modo, de suas utopias ocultas e bem preservadas.

— Malditos encostos! — protestava ele aos pensamentos involuntários, que assumiam formatos terríveis de criaturas disformes e cambaleantes, nutridas pelos vícios e todas as fraquezas humanas, como cães famintos que chafurdavam o chão dos bares.

— Saiam de perto de mim, desgraçados! — bradava inutilmente aos horripilantes vultos que iam e vinham incansavelmente como moscas de padaria atraídas pelo esterco, com exceção da ira, que preservava próxima para mandá-los de volta para o inferno.

Até que a poucos passos dali percebeu o *frisson* dos fregueses, que de outro modo pressentiam sua chegada, mesmo sem escutarem seus berros.

— Bom dia! — dizia finalmente um compadre para o outro.

— Em breve teremos dificuldades por aqui.

— E por que motivos, compadre?

— Como se já não bastassem os arquivos corrompidos do programa, somados ao afluxo de memória originária, repetida e incessante, estamos perto de colapsar o sistema — desabafou o autor.

— Pois, não se precipite com as interferências involuntárias porque são inevitáveis e ajustáveis automaticamente — disse o notário, que também tinha culpa no cartório.

— Mas como se ajustaria o sistema para parametrizar tantas informações intercorrentes sem bloquear as ocorrências?

— Pois, se o bug parece iminente e inevitável, melhor não preservarmos ativadas na memória os episódios recentes.

— E de que outras medidas preventivas podemos dispor?

— O simples hábito de não alimentar utopias de que não possa curar-se é uma delas — disse o autor com franqueza.

— Porque de outro modo diria...

— Diria que é temeroso, como você sabe.

— Sinceramente, eu... — esboçava o notário uma reação, mas era cortado.

— Além do mais é desnecessário alimentar o ego assim, pois temos *backups* armazenados de lembranças afetivas reprogramadas como este jogo, a partir de falsas impressões que sempre estarão nas nuvens para rememorarmos — prosseguia Nemo.

— Não a todo tempo — reagiu o notário.

— O tempo necessário.

— Assim como shows particulares, fora do *script* que programou para você? — perguntou o notário.

— Necessários, mas aguarde que você também terá o seu dia!

— Eu, não!

— Terá sim.

— O quê? Só pode estar blefando.

— Não, pois assim é com todos que permanecem, o seu histórico de *hacker* é muito forte e não pode evitar que se reproduza.

— Mas o histórico se restringe ao desdobramento de uma história sua, não vou participar do circo e qualquer intercorrência eu saio, simplesmente.

— Pense melhor sobre isso.

— Ignora sua ideia, vamos por enquanto preservar as conexões, o mais importante agora.

— Tudo bem!

— E o que você diria do repositório de impressões que permanece operante e ainda irregular, sem uma identidade própria dos avatares? — perguntou o notário.

— E o que você sugere? Diga você, agora!

— O quê?

— Que você poderia habilitá-lo quando quisesse se não atribuísse tanta importância a um histórico funcional — disse Nemo, pensando numa resposta para o caso de Abel.

— Em hipótese alguma, nesse caso a contrariar as regras do jogo que são bem claras, ele seria automaticamente varrido do sistema.

— Mas temos.

— De alternativas que poderiam vir de mim, quer dizer?

— Sim, pois um *hacker* teria ótimas alternativas nesse caso — disse ao outro, que atribuía cada vez mais verdades àquele, mesmo em detrimento da outra memória originária.

— Não existe mais essa possibilidade e não compactuo com isso — disse o notário com firmeza.

— Mesmo que não queira, seria fácil para você uma saída sem infringir as regras.

— De que modo?

— Se considerar que o encaixe de Abel foi oportuno para desincumbir Joarez da função, teríamos a justificativa perfeita para a criação de um novo personagem, sem contar que o Sr. Baumbach obteve muito rápido o reconhecimento da cidadania no cartório, o que teria a dizer sobre o fato? — continuou Nemo.

— Certo! Então, se Abel não representa ameaça alguma, justificaria também mantê-lo, é o que quer dizer?

— Sim, talvez possa verificar por si mesmo.

— Está mesmo resolvido, sem entender o risco de conexões duvidosas ou nível de inteligência artificial do personagem que desconhecemos, com as mesmas prerrogativas dos outros, imunizados de um processo de e varredura automática e constante?

— Sim, existem ameaças piores e mais efetivas, como *fake news* que causam erros no processamento de dados.

— Refere-se aos invasores virtuais que criam fatos e eventos ilusórios e se autorreplicam disfarçados?

— Exato! Não apenas os populares fofoqueiros, que nunca se extinguirão e são cotidianamente desmascarados e varridos do sistema com seus devaneios.

— A pior espécie, pois não tiram proveito próprio algum, embora necessários muitas vezes para nos atualizarmos.

— Sim, esses são os vírus mais corriqueiros, mas não servem como antídotos, se é capaz de entender o que estou dizendo.

— É lógico, mas se considerar não apenas o poder sugestivo já demonstrado de recompor lacunas, como também o de reverter uma potencial ameaça fora de alcance — disse Lemos.

— Sim, talvez.

— Então, afinal, me diga como poderia contribuir com o repositório de impressão, operando como um reles guardador de casacos?

— Saberá no tempo certo, mas não duvide que venha a surpreendê-lo — disse Nemo, que logo pensava em alguma referência obtida dos casacos guardados ou esquecidos no Ataúdes de que até o notário se valia para diferenciar e registrar seus avatares.

— Difícil imaginar como.

— Aguarde e verá — disse o autor com um estalar de dedos que fazia o amigo, por um curto intervalo, sair do transe e se cuidar.

— O que houve com o clima? — perguntou Lemos ao notar que as imensas janelas do *saloon* se abriam, movendo-se como venezianas escamoteáveis até o teto, onde se acoplavam e acendiam-se de imensas placas de led que transluziam imediatamente um padrão distinto de paisagem noturna como se estivessem fora do bar, até que o teto inteiro se apagasse inadvertidamente.

— Algumas vezes ainda se preserva a memória dos sentidos básicos, não se espante com isso! Olhe para o teto!

— Estranho parecerem tão naturais.

— Pois esse recurso não vem das impressões, é apenas mais um engodo da tecnologia para atrair frequentadores.

— Como assim?

— Está sendo testada ainda a simulação de um céu estrelado e, em breve, se encantará com as auroras boreais.

— É sério?

— Sim, de painéis de led.

— Mas não me sinto bem! Parece físico.

— Calma! Respire!

— Respirar? Onde pensa que estamos?

— Não há nada demais, apenas falsas impressões dos sentidos e logo irá sentir-se melhor.

— Melhor ficarei se for cuidar de minhas atividades.

— Espere! Vou acompanhá-lo — disse ao anfitrião, dirigindo-se à porta com ele, já muito mais adiante do que previa caminharem juntos.

— Já reparou a distância que alcançamos em poucos passos? — perguntou Nemo quando já estavam fora do prédio.

— Por acaso, sim.

— Não é o espaço, mas o tempo que subverte os sentidos.

— Negativo!

Caminharam pelas ruas para uma inspeção rápida e rotineira das fachadas das casas reconfiguradas exaustivamente antes em impressões 3D, mas atualmente tão perfeitas que pareciam materializadas a partir dos desejos e gostos preponderantes.

Contudo, questões mais atuais e pertinentes de regularização de registros e propriedades persistiam para dar o tom de realidade para as intenções que maquinavam. Então, um deles se lembrou que devia voltar imediatamente ao *saloon*, e tomaram o próprio rumo.

Mas, ao retornar e aproximar-se do local da sede, o prédio não se revelava mais o mesmo e dispunha de uma arquitetura imponente e inspirada em mesquitas árabes, com arcos em formato de gigantescas ferraduras e colchetes rígidos fincados no solo, embora não fosse mais de uma falsa fachada, que considerava apenas para os seus auspícios, do *saloon* readaptado para outro evento, em cada detalhe, com base em receitas árabes reconfiguradas ininterruptamente e enquadradas em novas janelas que se abriam aleatoriamente de um *QR code* em primeiro plano, sem o auxílio de dispositivo algum, quando chegavam e se acomodavam.

— E muito mais motivos ainda teremos para confraternizar em Pilares — dizia o anfitrião de volta à cena e vibrante com a alegria contagiante dos clientes.

No interior, o som de *Inta Omri*, de Hossam Ramzy se propagava nas ruas, como também ditava o ritmo da cidade inteira quando mais atenções se voltavam para o festival de cores, sons, aromas e sabores que se confundiam na mesma sinestesia de sentidos deturpados, assim como os desejos libertados na cadência do requebrado das odaliscas.

Fora isso, nada mais justificaria as lembranças em imagens projetadas, desejos e afinidades puras que mexiam com os instintos de todos os que se julgavam definitivamente condenados a permanecer ali para sempre.

— Bem-aventurados os penitentes de Pilares! — alguém dizia.

14

— Não pode ser apenas um jogo com todo esse realismo, eu insisto — disse Lemos contemplativo num belo final de tarde.

— E quem não se aventuraria na interface cognitiva mais sofisticada do planeta para converter sensações de uma perspectiva única a partir de nossos próprios avatares?

— E nunca pensou que se frustraria em tentar desbravar e se embrenhar na realidade virtual, sem destino?

— Diversas vezes.

— Curioso isso!

— E o que mais valeria nessa fase da vida, num corpo frágil, dolorido e doente, que envelhece progressivamente do outro lado? — perguntou Nemo.

— Parece mesmo convincente, a título de experiência.

— E por que não pensar no presente? É difícil imaginar que joga com duas possibilidades?

— Jogo é uma ótima metáfora para um *reality-show* universal, até que o circo desabe e desapareça no vazio, como se nunca tivéssemos existido.

— E, enquanto isso, o que também poderia esperar da vida que levava sem saber quando vai chegar a sua hora?

— Ou que também nem podemos mais reverter.

— Depende, pois, para você, saudável como está, com muitos anos pela frente, seria mais uma opção.

— Até que ponto, você acha?

— Depende de seu ponto de vista, pois seria fácil se readaptar às velhas expectativas que nutria fora daqui, pois, depois de ampliar a memória seletiva do outro lado, a noção psicológica da realidade que vivemos nesse instante seria quase tão breve quanto um sonho ao acordarmos.

— Sabemos que não é assim para ambos, companheiro, pois trata-se de um experimento e com a consciência não se brinca.

— Se fala de consciência, deve saber que ela é livre em qualquer meio, concreto ou abstrato, se voluntariamente mantiver o foco — disse Nemo.

— Se realmente acredita nisso apenas, deve estar seguro.

— No poder da mente eu acredito, mas e quanto a você?

— Eu? — surpreendeu-se o notário.

— Sim, não deve ignorar personagens de memórias retroalimentadas, porque eles podem se recriar aqui, mesmo de impressões estabilizadas que julga que não lhe conviriam, mas que o fariam enxergar dentro de si mesmo.

— Bastante estranho porque no final o comando parece ser um só.

— Como assim?

— Parece ainda manipular os acontecimentos.

— Não, meu caro, autor participante ou observador não é Deus e nunca será, se quiser jogar.

— E esses presságios que ninguém mais saberia ou poderia prever ainda?

— Não tenho resposta para tudo e em breve não restará nada de mim, fragmentado em personagens múltiplos em cada uma de suas próprias impressões viventes, pois, se no livro eu narrava e determinava as ações, não mais se justifica para nós essa opção.

— Parece-me perfeitamente natural depois de nos tornarmos jogadores.

— Perfeitamente nesse processo mnemônico induzido até o dia em que acreditamos no milagre de que de fato haveria vida ao nosso redor que não programamos — respondeu o anfitrião, embora o parceiro afetado, às vezes, se sentisse predisposto a se recobrar do transe.

— Será que além de mutantes ainda temos mais utopias extravasadas que não parecem apenas fantasmas a outras pessoas?

— Depende de como vê.

— Eu?

— Sim, não confunda poder com afinidade, esta é genuína, espontânea e incondicional em relação aos outros.

— E quanto aos seus empregados mutantes, o que mais percebem aqui nesse ritual?

— Abnegação por uma mesma ocupação faz desenvolverem a capacidade de sonharem repetidamente o mesmo sonho e irem além — disse Nemo, olhando no fundo dos olhos do interlocutor, estarrecido.

— O que se passa com eles? Eu me pergunto às vezes...

— Relaxe, amigo! Você vai se convencer de como um simples sonho se torna um verdadeiro subterfúgio da realidade de que pretende se livrar, simplesmente porque na vida real não teríamos alternativas como aqui, onde consciências se expandem.

E quanto a você, que, como ninguém, dispõe dessa qualidade para cativá-los?

— Eu?

— Sim.

— Talvez de um espírito de liderança, um dom que nem eu mais reconheça em mim das impressões que vêm dos outros e tudo caia no automático — prosseguiu Nemo.

— Então, não são sugestões automatizadas ou alguma forma de induzimento seu.

— Jamais.

— Pare com isso, velho! Você ainda mantém a confiança de um caráter dominante de narrador onisciente.

— Não, está enganado e, se pensar assim, não se libertará nem vai trilhar novas vertentes.

— Vertentes, você diz como um missionário? — disse Lemos com a liberdade de quem se considerava um amigo rebelde de longa data, o que de fato poderia se considerar.

Instintivamente, voltavam-se para o guichê e viam a figura quase estática de Abel, que parecia nem se dar conta do que conversavam.

— Mas, pense cá comigo! — disse Lemos.

— Sim, de volta ao alvo de suas intrigas.

— O que justificaria o estranho fascínio pelos trajes e a estranha habilidade comentada? — voltava Lemos ao assunto.

— Talvez o valor inestimável atribuído a peças de roupa — disse o anfitrião ao perceber que o amigo reparava-o suficientemente para confirmar que o camareiro não era como os outros.

— Isso e mais nada?

— Por alguma referência alheia que o faça associar às roupas esquecidas, poderíamos ainda considerar.

— Por exemplo?

— Talvez não seja de fácil compreensão, mas tivemos uma conversa outro dia e ele me disse que roupas podem reter em parte a essência da alma de cada um.

— Como assim?

— Talvez um dom que ele tenha que justifique o interesse pela atividade — disse o autor, olvidando o resto dos acontecimentos, como se parte do mistério impregnado em algumas vestimentas ainda se preservasse nelas até que a história fosse retomada, em breve, no momento oportuno.

— Essencialmente nos casacos, você diz?

— Sim, tecidos bem reproduzem as impressões variadas, os resíduos, as texturas que vestimentas usadas retêm do dono, até o delegado os considera indícios, como as digitais nas investigações, em outro meio.

— E assim o mordomo também poderia, como um cão, identificar o verdadeiro dono.

— Sim.

— E, por acaso, já pensou que poderia também se tratar de um louco ou embusteiro que está criando aqui?

— Se me convencesse disso, talvez.

— Difícil acreditar que fosse o mesmo de antes, que inventou uma artimanha para se radicar e não pudesse da mesma forma inventar histórias para ludibriar a freguesia — respondeu Lemos, girando o banco na direção da entrada principal, notando melhor Abel, que se mantinha no mesmo olhar despreocupado e até se via tomado de um ar de irreverência irritante, como se a alma de um palhaço estivesse prestes a saltar para fora do corpo para rir da cara deles a qualquer instante.

— Sim, mas como sabe, não há dúvidas e até tomei conhecimento de que você noticiou ao delegado muitas dessas desconfianças. Então, relaxe.

— Mas, quer uma sugestão?

— Ih! Lá vem! — disse o outro ironizando.

— Todo esse espaço poderia ser aproveitado de variadas formas e não justificaria ser desperdiçado só para preservar memórias perdidas.

— Então, o que sugere?

— Uma solução seria formatar um aviso de que não se responsabilizam mais pela preservação dos pertences esquecidos, estipulando um prazo razoável para buscá-los, o que acha? — perguntou Lemos.

— Perda de tempo.

— Por quê?

— E se não buscassem?

— O descarte automático, ora bolas!

— E acha mesmo que seria razoável?

— Por que não seria?

— Nada justifica o descarte de objetos pessoais e clientes ainda vêm aqui para reivindicá-los, além do mais, contamos com um depósito no porão que também serve para quadros e peças decorativas de eventos e festas temáticas, lembra-se?

— Perfeitamente, mas parece caótico — disse Lemos.

— Mesmo se dissesse que guardamos roupas de quase duas gerações passadas, que Joarez preservava e Abel veio a descobrir depois?

— E por acaso não chegou a pensar que frequentadores já teriam motivos para se esquecerem dos antigos trapos? Digo isso porque, como você mesmo sabe, a loja de tecidos do povoado vende há décadas uma só marca e modelos quase idênticos que ninguém faria questão de lembrar que teve um dia — disse Lemos.

— E baratos.

— Pois é! E poderia talvez contar nos dedos os fregueses que vieram reaver os pertences.

— Muito poucos.

— Ora! Ora!

— E, quanto a você, o que me diz do seu cartório? — perguntou Nemo impaciente com a insistência.

— Como assim?

— Que serventia teriam seus arquivos, incluindo registros de pessoas desaparecidas e de fatos consumados ou relacionados que se perderam na origem?

— Você me espanta, às vezes, velho.

— Por quê?

— Diferentemente de um roupeiro, os cartórios se revestem de importância, de fatos jurídicos atribuídos a personagens a que dou fé, só para começar.

— Sim, não desmereço o ofício, mas não ignore a importância e o simbolismo dos objetos ou como estão associados a lembranças — disse Nemo, que nem se dava conta de que o notário voltava a cismar com o camareiro.

— Veja isso, agora!

— O quê?

— Ele me espanta — disse o notário enquanto Abel manuseava as roupas que lhe eram entregues para guardar em troca dos *tickets*.

— Vê algo incomum? — disse Nemo, interrompendo enquanto Abel de longe mantinha-se compenetrado.

— Ele parece conversar com os casacos. Inacreditável! — disse o cliente, rindo enquanto o camareiro recebia um sobretudo de couro, erguendo-o, em seguida, com uma deferência toda especial e incompreensível, antes de pendurá-lo, como se alguma energia invisível ainda se mantivesse ali.

— Não vejo nada de mais! — disse Nemo.

— Tenho de ir agora — disse Lemos de repente, pouco antes de estender uma das mãos para se despedir do anfitrião.

— Mas já?

— Tenho outros afazeres e quem sabe talvez também me anime a deixar da próxima vez o meu casaco aos cuidados do Mordomo — respondeu o cliente com um sorriso zombeteiro e um aperto de mãos, pondo-se a caminhar.

Logo em seguida, despediu-se também do mordomo apenas com um aceno quando já se aproximava da porta de entrada, quase no mesmo instante em que era aberta por um jovem que a segurava para ceder-lhe a passagem, tendo uma agradável surpresa.

Naquele ponto as sensações físicas não pareciam apenas psicológicas e quase se convertiam em impressões quando Lemos percebia a mudança brusca de temperatura externa do ambiente com o golpe do vento gelado no rosto e via no céu a escuridão intensa envolver a pequena cidade e as estrelas se destacarem muito mais, como um enxame de pontos brilhantes vindos de todas as direções no firmamento.

Diante da gentileza, agradeceu imediatamente a preferência, admirando-se da grata surpresa.

— Quem diria, Casimiro Ramos, como vai a família? — disse ele, lembrando-se imediatamente do rapaz, cujo pai havia morrido sem deixar nada para a família, além de dívidas e uma fazenda hipotecada que só dava prejuízo.

— Estamos bem, Dr. Lemos, na medida do possível — respondeu o homem, engolindo em seco o desgosto e ainda forçando o sorriso.

— Combinamos então de você dar uma passada no cartório assim que puder, pois quem sabe eu não possa, de alguma maneira, ajudá-los?

— Agradeço a sua boa vontade e tenho esperanças de que iremos nos recuperar — disse o homem envergonhado, evitando o contato visual.

— Tenho certeza de que sim! — disse Lemos, despedindo-se em seguida e indo direto para o carro.

15

Logo ao entrar, o cliente foi direto ao guichê, sem perceber que o atendente habilitado não era a mesma pessoa, e entregou-lhe apenas o sobretudo, perguntando em seguida por Nemo, que já de longe se exaltava porque havia muito ansiava reviver a mesma passagem ou circunstância de sua vida reproduzida na sequência narrativa de uma obra inacabada.

— Que grande surpresa! — exclamou sorridente ao fazer as honras da casa.

— Eu que o diga! — disse Ramos com um aperto de mãos.

— O que houve, durante todo esse tempo? — continuou Nemo ao reproduzir o diálogo, aguardando em silêncio a resposta do interlocutor que se continha e pressionava o indicador na imagem da bebida escolhida que fazia acender o painel digital e acionava de longe o *barman*, o qual, do outro lado do balcão, identificava a escolha e processava o pedido, um recurso que poucos clientes cativos ainda utilizavam.

— Problemas familiares.

— Entendo perfeitamente.

— Inclusive tenho de saldar uma pendência — disse Ramos, um homem de pouco mais de trinta anos, que ainda mantinha o vigor e a boa aparência.

— Não se preocupe com isso, que é por conta da casa — disse o ancião.

— Imagina! Faço questão! — retorquiu o cliente, que não disfarçava o leve desapontamento.

— Difícil é imaginar como tudo mudou depois do passamento do velho Degental, uma pessoa querida e respeitada que sempre cultivava boas impressões onde quer que estivesse — disse Nemo, que sentia na alma todas as dores daquele personagem.

— Grato pelas palavras, mas talvez fosse melhor por enquanto não falar sobre isso — retrucou o cliente.

— Compreensível — disse Nemo antes de um breve silêncio.

— Vejo que o High Star também mudou e não foi só na fachada.

— Pois é, realmente inovamos, mas preservamos o *layout*.

— Engraçado é que, apesar da infeliz lembrança nesse ambiente, a noção que tenho agora é a de que deveria mesmo estar aqui.

— Não tenha dúvida, meu jovem — disse Nemo com tanta afeição pelo rapaz que sentia vontade de incorporá-lo e tomar de volta a sua dor, embora a breve memória estanque daquela impressão confusa não pudesse ser ainda extinta até que fosse reprocessado de outro modo o inconformismo a partir das entrelinhas daquela passagem infeliz de sua história.

— Então, julga-se capaz de perceber como me sinto.

— Sim, como se estivesse na sua própria pele e poderíamos conversar sobre isso, pois tenho muitas histórias para contar-lhe.

— Agradeço a hospitalidade e a gentileza — disse o personagem em grande sintonia com o interlocutor, mas sem desconfiar de nada além do que fosse possível reter da memória direcionada que o avatar lhe permitia.

— Não há o que agradecer, considerando o seu histórico familiar e todo o drama que tem vivido.

— Certo — disse o cliente, fingindo sentir-se enaltecido.

— Inclusive, devo dizer-lhe que seu pai vinha sempre aqui, quase todos os dias, nos últimos tempos.

— Realmente devia ter sempre um bom motivo para se ausentar.

— Sim, era um homem de hábitos — disse Nemo, e ficaram ambos por um tempo calados. Nemo que absorvia de outro modo o mesmo ressentimento para mantê-lo ali como um dos maiores testemunhos de suas lembranças, em parte para testar as próprias reações naquela idade diante de um possível novo desfecho enquanto o jovem se via cada vez mais guiado só pelo impulso de obter novas informações, embora convicto de que jamais perdoaria.

— Percebo que ampliou as janelas e a visão de todo o vale — disse o cliente como um subterfúgio.

— Sim, daqui bastaria apenas um clique e arrastar para o lado.

— O quê?

— Quero dizer, não foi nada de mais, apenas uma abertura do ângulo de observação favorecido pela ocultação das esquadrias, além de uma ligeira elevação do piso para obtermos uma melhor perspectiva do vale — respondeu o anfitrião, lembrando-se imediatamente de outro aposento quase idêntico e menos receptivo do que o *bunker* de onde operavam e costumavam passar o tempo em circunstâncias tão diversas que o levavam a pensar que a melhor lugar para se estar seria onde pudesse encontrar muitas respostas, e não apenas esperanças inconciliáveis da vida.

— Mas parece que pôde agregar muito mais tecnologia ao seu negócio, não foi? — disse o cliente.

— A tecnologia mais sofisticada não é perceptível como a que contamos para garantir a melhor qualidade de vida, preservada das vicissitudes do tempo, o que seria melhor do que isso?

— Acho que apenas o que fosse aparente faria diferença para mim por enquanto.

— Então, olhe para o teto — disse Nemo para distraí-lo com os novos painéis panorâmicos e acústicos que pareciam reproduzir o mesmo som da origem de tudo no Universo, que ainda se deflagrava, mas que apenas do filtro das impressões se obtinha.

— De onde vem o som?

— De cento e cinquenta placas de led.

— Apenas identifico uma superfície lisa no teto!

— Precisamente!

— E daí?

— Em breve irá perceber que novas janelas também se abrem naturalmente de outra dimensão, tão ou mais real do que nossa própria noção da realidade.

— E qual o efeito maior você pretende criar?

— O de incríveis imagens cinéticas de auroras boreais para uma viagem virtual cósmica e constante até o centro de nossa galáxia, onde habita um buraco negro que reproduz simulações cataclísmicas de explosões estelares, um portal interdimensional que redefine o futuro e a própria razão de existirmos, aí retornamos quase ininterruptamente.

— E paramos de viajar porque é aqui onde, de fato, nos encontramos — acrescentou o jovem.

— Sim, apreciamos vasculhar o Universo até, quem sabe, encontrar uma saída para sistemas operacionais mais avançados — disse Nemo num auspício inusitado, como se não tivesse segredos para ele mesmo.

— Até cansarmos de viajar e lidar com problemas cotidianos — disse o jovem inconsolável.

— Sim, e até mais inspirados e dispostos.

— E quando estará operante?

— Em breve, assim como outros mimos para atrair fregueses e você é um especial — respondeu Nemo mais sorridente.

— De qualquer forma, sou-lhe grato pelo empenho — disse Casimiro inconsolável novamente, reduzido a frangalhos no próprio inconformismo.

— Você não tem muita noção de onde veio ou por que está aqui, não é mesmo?

— Não entendi bem o que quer dizer com isso.

— Imagino o que esteja vivendo, depois de tanto tempo fora, mas acredite que tudo irá se resolver de algum modo.

— Pois confesso que me sinto como se não fosse mais nada do que uma impressão estanque da memória advinda de uma questão sem solução criada exatamente por alguém em quem havia confiado a vida inteira e não faria mais questão de me lembrar, mas ressurgiu na lembrança logo ao entrar por aquela porta e dirigir-me ao roupeiro — admitiu o rapaz, olhando meio perdido para os lados, como se, mesmo depois de adulto, ainda se sentisse órfão e abandonado.

— Se quiser conversar a respeito, talvez se interesse pelo que tenho a dizer — disse Nemo com um leve sorriso no rosto.

— Não, não perca seu tempo em consolar-me — disse o personagem, retendo a depressão calcificada na referência que tinha daquele em quem havia confiado a vida inteira e traíra sua confiança.

Entretanto, estranhamente, via no outro homem diante de si um bálsamo da própria imagem reproduzida cinquenta anos depois com um argumento válido para minar o próprio inconformismo.

— Como disse a você, Dejental Ramos era cliente assíduo e para lá de reservado — insistia Nemo.

— O que quer dizer com isso, afinal?

— Que conversava muito pouco, mesmo que tivesse muito a dizer, e de fato ele tinha, como tinha!

— Talvez ele tivesse mesmo, com urgência de se confessar antes de morrer — disse Casimiro de uma vez, olhando para a entrada do bar, como se algo incomodasse ainda mais.

— Deveria levar em conta que Dejental também se apegava com facilidade às pessoas de quem gostava — disse Nemo, com certo amargor e uma certa dificuldade de perdoar, também com as atenções voltadas naquela direção, detendo-se no comportamento estranho do criado, que erguia um paletó e segurava-o no ar bem à altura dos ombros para examiná-lo, uma atitude no mínimo suspeita.

— Posso fazer uma pergunta? — disse o jovem, que parecia quase ter tirado Nemo de um transe.

— Sim, claro!

— Lembra-se dos acontecimentos daquele dia fatídico em que meu pai veio parar aqui?

— Sim, tivemos um breve diálogo, antes de ele se dirigir ao lugar onde costumava sentar-se, na mesma mesa de canto preservada da balbúrdia, para ler o seu jornal predileto enquanto tomava café — respondeu Nemo, imaginando o trecho daquele capítulo lamentável da história escrita de sua vida que poderia ter tido um outro desfecho.

— Então, ele sentia-se muito bem, foi o que quis dizer?

— Sim e totalmente despreocupado.

— Despreocupado! Tem certeza disso? — indagou Casimiro alterado.

— Isso era o que aparentava.

— E lembra-se dos breves comentários dele naquela manhã? — insistiu o cliente.

— Lembro-me, mas acha mesmo que deveríamos falar a respeito? — disse Nemo, reproduzindo a mesma expressão serena no olhar taciturno de um confidente, evitando, dessa maneira, consumir-se nos mesmos dramas pessoais familiares, se não fosse para ajudar ou no máximo solidarizar-se, embora, por um instante, a mágoa contagiante do personagem parecesse incomodá-lo bastante.

— Sem dúvida é importante me dizer tudo de que possa lembrar-se.

— Difícil, porque conversamos pouco naquele dia e o resto você já sabe, realmente foi muito triste.

— Justamente, por ter se calado, meu pai levou para o túmulo muitas respostas.

— Perfeitamente! No entanto, posso dizer que permaneceu aqui além do tempo habitual de que dispunha, até ser levado às pressas para o hospital.

— Ainda tento imaginar como se mantinha despreocupado, pouco tempo depois de terem confiscado toda a propriedade e nos deixado em situação de absoluta penúria — disse Casimiro.

— Eu não diria isso porque sabemos que a tranquilidade dele era aparente, talvez pelas pressões que recebia e não externava — relevava Nemo com elegância e conhecimento de causa, fazendo ambos se calarem mais uma vez para voltarem os olhos para a mesa cativa onde o finado havia passado os últimos instantes, sem nem ter se despedido da família.

— Com certeza, ele escolheu o seu bar como o último refúgio para morrer — disse Casimiro.

Nemo, então, voltou e manteve os olhos fixos nos dele como um só reflexo do mesmo inconformismo indisfarçável quanto a todas as tentativas inúteis para justificar as atitudes e aplacar o mesmo sentimento.

Desse modo, não haveria mais nada a extrair que justificasse as tristes recordações, além dos últimos momentos que antecederam a chegada da ambulância, imaginados para a história, que, na verdade, não serviriam de consolo ali ou em qualquer lugar do passado onde haviam estado juntos.

— Sua família deve precisar muito de seu apoio nessas horas.

— Sim, pois, depois que meus parentes se fixaram na Capital, nos distanciamos bastante em virtude de minhas idas e vindas para cá, mas nunca perdi o vínculo com a comunidade.

— Até o seu retorno definitivo.

— Não creio, embora hoje não tenha resistido também a uma parada ocasional para visitar a sede da fazenda, bem próxima daqui, mesmo ciente de que havia sido confiscada e já pertence ao Estado.

— Parece mesmo desolador imaginar o que possa ter encontrado ali — disse Nemo ao se torturar, tentando recobrar as velhas impressões perdidas, já registradas, e sem ainda acreditar que merecessem um novo final a partir de um repositório de impressões perdidas.

— Por incrível que pareça, até hoje não foi vendida e está em péssimas condições, o que é uma pena.

— Vocês nunca deveriam ter saído da cidade.

— Não poderíamos permanecer nas mesmas condições.

— Devemos acreditar que vão se reerguer e retornar para cá um dia — reagiu Nemo, como se aquele episódio ainda não tivesse se encerrado, até que ambos notaram uma movimentação estranha na chapelaria e o cliente manifestou a intenção de ir embora.

— Devo ir-me agora — disse ele finalmente, com expressão de desgosto no rosto e um aperto de mãos forte e prolongado de alguém que carecia de algum apoio moral para uma situação irremediável.

— Não desanime! — disse Nemo ao final, apesar de tudo lhe sorrindo, com outra expressão resiliente de quem jamais seria digno de pena, embora também transparecesse a pouca noção da realidade, talvez porque nem ele ainda contasse com as respostas do destino.

— Obrigado! — respondeu o freguês rumo à chapelaria, onde já lhe esperava o criado sorridente com um casaco nas mãos.

E dali reunia as últimas impressões daquela conversa com Nemo para confirmar que seu progenitor nem parecia preocupado naquele dia ou mesmo disposto a agir de outra maneira nem para consolá-los, pensava ele ainda ao receber o casaco e lançá-lo por sobre os ombros, sem a intenção de vesti-lo, até sentir o frio acachapante do lado de fora, que o fez logo mudar de ideia.

Contudo, imediatamente percebeu algumas peculiaridades muito evidentes, como o ajuste perfeito e o caimento impecável, sem nenhuma sobra aparente de tecido, como se tivesse sido encomendado diretamente das mãos de um alfaiate, o que o faria também se lembrar de que as medidas eram praticamente as mesmas, assim como a essência impregnada e bem familiar na roupa, que denunciava outra presença digna que jamais poderia ser resgatada de uma memória já enterrada a sete pés.

Para completar o espanto, lhe vinha a sensação de uma impressão intensa de acalento como se mãos enormes o sustentassem e descessem pelos ombros, tomando os braços, os punhos e o corpo inteiro para que outra lembrança inequívoca o remetesse ao passado no instante exato em que chegava ao mundo, recebido e entregue a uma segunda pessoa, o seu próprio pai, que, logo após o parto, era a primeira pessoa a lhe proteger do frio num abraço tão caloroso que mesmo depois de adulto se lembraria.

Casimiro mal se continha e levava as mãos aos olhos para segurar o pranto por algum tempo, mas um lado racional não o deixaria esquecer os próximos passos de procurar nos bolsos pelo cartão com o endereço da pensão onde estava hospedado, mas nada encontrou por enquanto além de um envelope perdido.

Ainda confuso, chegou mesmo a pensar em retornar ao bar para esclarecer o engano de que o casaco seria do pai e não o dele, mas apenas examinou o documento, um pequeno envelope lacrado sem qualquer indicativo ou referência, e, ao abri-lo, surpreendeu-se com o certificado de quitação que deveria ter sido antes apresentado ao banco, depois do protesto no cartório, um procedimento necessário para dar baixa na hipoteca.

A conclusão que tirava era a de que, se o velho não tivesse passado mal, faria de tudo para extinguir a pendência, mas infelizmente tanto o cartório quanto o banco não funcionavam naquele horário, o que justificou a aparente tranquilidade de quem só poderia aguardar enquanto lia o jornal e tomava café, um dos poucos prazeres que ainda se permitia, antes de falecer.

Portanto, era hora de resgatar a impressão perdida de um personagem que se foi e lhe havia tão bem prestado um serviço, pois era em Casimiro que Nemo melhor percebia a própria impressão de inconformismo daquela triste fase desaparecer do passado e até das lembranças do povo de Pilares e, em seu lugar, uma impressão ainda mais forte de tudo renascia.

Em seguida, foi até a rua recolher do chão o casaco e devolvê-lo ao camareiro, que nada perguntou e nem pronunciou uma palavra sequer, apenas piscou um dos olhos e recolheu a nova impressão ao Ataúdes, como um registro salvo de uma memória renovada para o arquivo.

Assim, o mundo, que parecia ter parado só para ele, voltava a girar com maior rapidez para compensar toda a inércia do destino e muitas outras consequências que advieram daquela fase, como se uma alavanca providencial do acaso destravasse um mecanismo emperrado que impedisse o tempo de ir adiante.

16

No dia seguinte, um aparente desarranjo das conexões repercutiu até que se verificasse depois que eram apenas ânimos exaltados de alguns frequentadores que disputavam lugares com vista para o vale, e logo depois o sistema entrava em sincronia, com as atenções voltadas para dona Odila, com mais uma fornada repleta de bolos e brioches.

Já de volta ao posto, Nemo mal se acomodava quando uma presença se fez anunciar.

— Senhores do Conselho, trago aqui novas notícias que podem interessá-los — dirigiu-se o delegado Viriato Prates ao anfitrião e às poltronas giratórias, que rodopiavam vazias em sua direção, dos fantasmas que assustavam os desavisados que se sentavam inadvertidamente no colo de algum deles, os quais não arredavam os pés de lá, como encostos calcificados de impressões recuperadas de saudades eternas e inconciliáveis do mundo perdido, embora para os demais fossem ignorados e relegados ao esquecimento.

— Sim, prossiga para os presentes e seus encostos carinhosos — disse Nemo sorridente.

— Pois trago evidências de que nosso investigado não tem origem nos sonhos recorrentes de mutantes obcecados, em nenhum coma induzido, ou qualquer outro motivo evidente.

— Estranho mesmo! — disse Nemo, que sabia que contavam com um filtro e varreduras sofisticadas para a detecção da maioria dos vírus, a partir de gerenciadores de dados da rede de última geração, conforme Lemos disse para tranquilizá-lo.

— E o que o levou a pensar assim? — Fale baixo!

— A pesquisa num site de investigações sobre pessoas desaparecidas, bem recomendado por sinal, onde obtive relatos sobre um cientista desaparecido, uma personalidade de relevo que descobriu recentemente um astro com as mesmas características da High Star e, pasmem, o provável motivo poderia ser o mesmo que fez Abel enveredar-se por aqui na mesma data, a partir de uma interferência ou abertura virtual gerada por um vírus no painel de dados, também acessada de um ícone que reproduz o mesmo o pano de fundo e formato idêntico à abertura do céu, mas com o referido astro, que ninguém havia antes questionado em Pilares e passaria a brilhar apenas nas noites de quarta-feira.

— Então, desconfia que seja a mesma pessoa.

— Não apenas isso, suspeitamos que o ponto de luz abria o foco para outra dimensão, como um portal facilmente acessado de um *click* externamente.

— Isso não poderia jamais ocorrer.

— Fique tranquilo que o *link* não está mais disponível.

— Eliminaram?

— Não, a última vez que baixamos, desapareceu.

— E isso é tudo?

— Não, também suspeitamos que, inicialmente, o primeiro impulso do Colineiro foi de buscar uma saída pelo mesmo ponto de luz no formato da estrela no céu de Pilares, mas não conseguiu reabrir o foco para a passagem e levar outros com ele.

— Então, o nosso Abel, que se fazia passar por Colineiro, tinha outras intenções.

— Cremos que sim, o resto você já sabe.

— E deve ter se frustrado bastante.

— Isso mesmo, embora ainda tivesse a alternativa de tentar passar pelo crivo do notário e um avatar apropriado para estabelecer-se de alguma forma em Pilares.

— Isso mesmo, e, na sequência, a presunção da descoberta seria inevitável? — insistia Nemo, atiçando o seu lado inquiridor, que fazia questão de explorar na figura do delegado.

— Então, concluímos definitivamente que não se trata de um mutante com o mesmo acesso e saída involuntária do sistema como todos os outros.

— Perfeitamente!

— E convivemos com a suspeita de que uma estrela foi descoberta duas vezes em dimensões opostas por uma mesma pessoa e assim obteve a notoriedade esperada. Quanta criatividade! Isso é o que vocês pensam! — refletia, apenas, o autor, que não expressava surpresa.

— Provavelmente, e muito engenhoso da parte dele — respondeu o policial, mantendo o mesmo tom de voz para que o camareiro não escutasse.

— Então, temos um argumento válido! — disse Nemo.

— Como assim, sem qualquer outro motivo viável para a confirmação de uma identidade originária de quem de fato ele seria, além da provisória para habilitá-lo como simples avatar? — questionou o delegado.

— Não apenas isso, pois já contamos com um histórico, uma função essencial e a capacidade de processamento ampliada bem definidos!

— Então, nos contentamos em qualificá-lo como um simples autômato programado e inspirado para o *saloon*? — perguntou surpreendentemente o delegado.

— E a que outra conclusão quer chegar?

— Nenhuma, apenas leves suspeitas de que esse repositório de impressões seria um espião infiltrado, viria de um provedor de acesso remoto ou até mesmo de um alienígena disfarçado, uma temeridade, nesse último caso.

— Provedor, você disse? Então, que tipo de acesso ele daria daqui? — provocou Nemo.

— Diríamos um acesso mais amplo para outras pretensões, e não apenas o facilitado ao bar para os clientes habituais que tomam a cena todos os dias?

— Você acha mesmo?

— E quem poderia responder melhor do que você se minha função é apenas a de levantar e investigar suspeitas? — insistiu o agente sem nem desconfiar de que uma parte do dono era ele mesmo.

— Pois é, o resto são apenas suposições que não justificaram as origens de Abel.

Uma lembrança aparentemente remota recobrava incólume, vinda dos sentidos do autor e lhe fazia olhar de novo distante para o alto e através das janelas virtuais configuradas no céu só a partir das lembranças que ele tinha, embora não fossem suficientes para revelar algo que ainda não previa ou monitorava cotidianamente suas ações.

De um lapso de consciência da experiência em outra existência vinha-lhe a predisposição milagrosa de antes, que não permitiria acomodar-se, como uma vontade indomada de projetar-se e viajar remotamente por outras extensões de redes e concatenar-se com outros usuários invisíveis de diversos monitores em diferentes níveis e dimensões cada vez mais facilitadas, ainda que a concepção única de antes já lhe parecesse bem limitada.

Entretanto, ainda não havia rompido esse liame frágil e não ignorava o temor de que alguém fora dali obtivesse o domínio quase pleno e o livre trânsito, a qualquer instante, o suficiente para dar as cartas.

— E mais possibilidades fora daqui, quero dizer, outras exceções não haveria para esse *script*.

— *Script*? O que quis dizer? — inquiriu o agente.

— Quero dizer que o mais importante é poder contar com um facilitador de acesso que assuma várias funções, até as de um conciliador.

— Um androide conciliador talvez não seja uma boa escolha e nem tampouco seria confiável.

— Fique tranquilo que, nesse caso, nem ele ou outros suspeitos passariam incólumes pela triagem do nosso amigo notário.

— Talvez de outra forma que o simples registro de uma descoberta e para obter a averbação da razão social do bar, com o mesmo nome fantasia sugerido da Estrela, um "simples" pretexto, diríamos.

— Mais do que isso! Pense nas suspeitas de um facilitador, e não de um simples provedor de acesso, como Lemos, mas de dados, outros dados, como um verdadeiro vírus disfarçado e replicado a partir do saudosismo de falsas impressões fantasmagóricas para criar o caos e a exterminação completa.

— Então, Dr. Nemo, como poderia se manter tranquilo assim?

— Diria que vivemos cada vida como um sonho de grande magnitude e que, como havia me dito antes, o indivíduo teria uma boa índole, impressão que por sinal ainda mantenho.

— O que está me dizendo?

"Sim, melhor pensar assim do que imaginar interferências de uma realidade cibernética paralela em um estágio tecnológico elevado demais para as nossas pretensões", pensou Nemo sem externar uma palavra que coubesse no diálogo que levava com o personagem, e com apenas um clique deletou aquela linha de raciocínio e toda a janela dos últimos eventos para uma solução simples, uma regalia de que ainda dispunha e em breve não teria mais, com a autonomia cada vez maior dos personagens.

— Estamos alinhados! — disse o agente, afinal.

— Sempre! — confirmou o anfitrião.

Um silêncio pairou entre ambos, como sinal de que não teriam mais assunto naquele dia, de modo que nem insistiu daquela vez para que o ilustre cliente ficasse para o almoço, que logo mais culminaria na estreia do novo piano de cauda, o que muitos aguardavam com bastante expectativa.

Em seguida, o agente dava-lhe um tapinha de despedida no ombro e na memória de Viriato remanescia a sensação de que estava tudo resolvido e nem haveria um filtro para aqueles diálogos, mesmo com a autonomia cada vez maior dos atores.

Fato contínuo, via chegarem novas representações pictóricas de amizades que pareciam ali ainda mais reais que antigamente, fora a decoração improvisada de cores sóbrias e elegantes, que bem compunham com as pinturas que remetiam ao passado colonial ainda mais surpreendente, extraídas dos acervos do depósito e mais variedades que elevavam o espírito do High Star ao patamar dos melhores bistrôs já conhecidos.

17

— Um, dois, três, vou jogar xadrez, quatro, cinco, seis, e meu Pinto freguês... — cantarolava o autor ocioso sem mais ninguém por perto além da equipe, totalmente atribulada com os preparativos do almoço especial para a inauguração do novo piano.

E eis que era tomado de louca excitação, talvez atribuída a outra falha do sistema que deixava escapar pensamentos infames e configurados de um intrépido desejo, injustificável naquela idade, pois difícil mesmo era acreditar que o defunto ressuscitava como uma serpente aflita e sufocada, que parecia ter vida própria, querendo aparecer para lhe causar vexames sem que nenhum pensamento do alto comando pudesse contê-lo.

De fato, em outros tempos, atribuiria aquilo a um sinal inequívoco de vitalidade que, a princípio, até fazia-o querer voltar às origens para saciar as vontades carnais, o que seria breve, não valeria o risco, e nem o apêndice iria querer voltar à velha condição de liberdade restringida das mãos enrugadas e manipuladoras do pobre velho, se pudesse colocar-se no lugar dele.

Assim, a volúpia concentrada quase lhe escapava ao domínio, com ânimos de desvincular-se para reivindicar o próprio espaço ou autonomia que nunca tivera antes, e não teria outra saída senão libertá-la e convertê-la em avatar depois, no ciberespaço, sem a ajuda do programador, é claro.

Mas, se fosse mesmo a única solução, como configurar a pura expressão carnal se a própria aparência do desgraçado era um atentado ao pudor? Talvez, quem sabe, mascarando a sordidez por um tempo até que lhe adviesse outra ideia melhor.

Contudo, nem teria mais tempo porque o rebelde manipulado já não se contentava mais daquela forma, massageado no colo com a direita ou a canhota, como se pudesse emancipar-se e depois atingir o tamanho ideal, e mal se deu conta ao ver o bicho já de pé a querer reivindicar o próprio espaço, circulando remotamente pelas imediações e apontando sem parar em todas as direções, talvez para compensar o tempo em que havia sido injustamente subjugado.

De fato, o desejo instintivo, apartado da razão, não teria chance melhor do que aquela de descobrir por conta própria outro Universo virtual de prazeres possíveis e inenarráveis, onde a fera finalmente se livrava do domador, sempre um passo adiante no tabuleiro, com todas as funcionalidades tecnológicas necessárias que o sistema permitisse e, o melhor de tudo, plenamente desvinculada da mente calcinada do comedido velho.

Assim, totalmente solta, partia para o ataque enquanto Nemo se deixava levar pela vontade, cada vez mais ambientado e ávido por notar, de outra perspectiva, sem nenhum filtro, os sedentos olhares dela, assim como as vontades indisfarçáveis de conduzi-lo aos recantos mais preservados de seus aconchegos lubrificados de amor, deixando de fora todo o resto de homem velho que nunca, sozinho, jamais seria capaz de conhecer uma mulher com tanta profundidade quanto o próprio membro.

Além do mais, sem a ferramenta de trabalho, o autor não seria mais nada além de um despojo de guerra que se decompunha na aparência deplorável do outro lado do *saloon*, repetindo cada vez mais as mesmas palavras, gabando-se de suas proezas, ou, no máximo, sobreviveria como uma extensão racional deteriorada dos impulsos primitivos que nunca mais pôde satisfazer.

No entanto, o último sinal de vitalidade remanescente já estava lá para provar que não, obtendo uma configuração independente em outro formato, que o autor não poderia mais sufocar ou apenas lembrar-se dele para urinar, durante as poluções noturnas, uma tremenda falta de consideração, que absurdo!

— O desejo é meu agora! — vangloriava-se da nova condição o nobre apêndice, embora ainda cego, mudo e sem noção de que ainda era teleguiado de longe não só pela libido, mas pela própria razão do dono, que, aliás, não tinha qualquer mágoa dele, apenas orgulho, porque nunca lhe havia faltado e muito bem se comunicavam nas lembranças sem que o indigente ainda notasse os últimos sinais remanescentes ou reflexos cerebrais atribuídos aos vícios remanescentes de todas as sensações táteis e periféricas que se somavam às visuais, devidamente armazenadas no software.

De fato, parecia cada vez mais divertida a brincadeira porque o velho recuperava e ampliava o desejo infinitamente e nem se conteria mais tentando ocultá-lo, até que parecesse disfarçado e anônimo às impressões dos outros fregueses.

— Você não merece o pinto que tem! — diria ainda o membro recalcado se pudesse.

— Então, vá se virar longe daqui enquanto pode e deixe-me em paz, infeliz! — dizia o autor de verdade, quase incrédulo ao perceber de longe o tormento crescer e interceptar possíveis alvos à procura de uma fenda, e ainda aconselhava:

— Cuidado com os buracos negros!

Isso tudo porque naquela fase, aparentemente, o tesão não tinha um dono evidente, nada temia e nunca desanimava ou nem sequer teria a capacidade de lembrar-se de tantas aventuras sem nenhum remorso, até no final esvaziar-se murcho, flácido e insignificante como um papo de anjo em algum canto empoeirado e perdido.

Entretanto, tinham já impresso um acordo tácito de liberdade na condição de que o avatar anônimo assumisse toda a culpa do dono dali em diante pelos exageros e preservasse sua imagem impecável à distância.

Dessa forma, poderia divertir-se e dispor de toda a sordidez para espantar os homens e, ao mesmo tempo, atrair as mulheres com todo o vigor, levantando e abaixando a lapela até o dorso para exibir-se saliente e rotundo, como lhe era de praxe, quem diria, o caralho até parecia ter asas naquele instante.

Portanto, as atenções se voltavam totalmente para ele, reto e enrijecido, sem nenhuma noção do ridículo, numa espécie de deferência permanente àquela que se julgasse merecedora do prazer que pretendia compartilhar, o mesmo predador sagaz e silencioso de tantas meninas e donzelas que depois se tornaram mulheres agradecidas, mantinham fantasiadas as mesmas lembranças que exsurgiam automaticamente do comando central das utopias do velho dono.

Até que, por fim, o autor se viu obrigado a automatizar o infame desejo configurado no disfarce obrigatório, o qual não se contentava nem um pouco com tal possibilidade, mesmo que já não lhe fosse mais atribuída a mesma capa emborrachada que era obrigado a vestir em outros tempos remotos, como uma camisa de força, com o nome ridículo de camisinha de vênus.

— Ora! Ora! — pensava o rebelde, inutilmente, que não precisaria vestir mais nada porque nem ombros e braços ele tinha, embora ainda lhe impusessem uma máscara como disfarce, além de pantufas negras para cobrir as bolas, que sempre dificultaram seus movimentos.

Ainda que tentassem adaptá-lo assim aos padrões convencionais de configuração dos avatares, o cuidado seria mais um sinal de que o dono não parecia tão distante apenas maquinando possibilidades, mas atento para que o delegado não viesse prendê-lo por importunação, naquele estado.

— Dou-lhe uma cabeçada — dizia pretencioso, e cada vez mais entorpecido, o desejo do alto comando do autor sempre que notava a retaguarda bem delineada de uma mulher.

Desse modo, rondava ainda inquieto pelo *saloon* como um tubarão banguelo e sorrateiro, até, por fim, lhe atribuírem uma missão porque Pilares não era lugar de vagabundo, e a incumbência nada mais era do que tentar minimizar os frequentes desconfortos da criada com a supervisora e *chef* Odila, que a censurava constantemente por qualquer motivo, levando-a até às lágrimas, o que fazia com que Nemo interviesse e fosse lá distraí-las, algumas vezes.

Embora daquela vez procurasse outra artimanha para se projetar no meio delas, Odila logo perceberia as indisfarçáveis intenções do colossal cavaleiro mascarado, em plena forma, que se expandia tanto que nem parecia ter mais cabimento, totalmente entregue aos encantos de Benzaquem, que nem imaginava o quanto era capaz de satisfazê-lo.

Desse modo, a isca era lançada e o autor vibrava de longe com sua vara ou brinquedo remoto, com a mesma paciência de um pescador, embora devesse ser cauteloso ao aproximar sua dureza infernal das protuberâncias da mocinha, que no espaço tão reduzido da cozinha mantinha-se de costas para ele, mas, depois de notar as intenções maliciosas, cedia aos apelos, deixando pender o corpo suavemente para trás para um contato ou acidental encaixe, até que dona Odila percebesse a artimanha e expulsasse os dois para se recomporem e cuidarem de outros afazeres.

— Que pouca vergonha! — dizia ela frustrada e furiosa.

Então, saíram de lá naquele dia, ela sem conter as gargalhadas para disfarçar a excitação e o desejo louco direcionado, pouco se lembrando de que ainda havia um velho em seu encalço.

Tomaram ambos o rumo da escadaria que dava acesso ao escritório e quase não se contiveram durante o trajeto, até o cavalheiro marginal se lembrar de que ainda lhe faltavam muitos recursos, como a língua bem afiada do velho e um dedo médio, seus aliados para melhor deliciar-se.

E não demorou tanto para que a ajuda chegasse ligeira até se completarem, fazendo-a acabar-se em gemidos com palavras obscenas do velho no ouvido dela, que depois mordiscava os seus mamilos até que a vítima suplicasse para ser invadida.

Mesmo que ainda cogitassem explorar outros recantos da rainha, dos segredos sinuosos e proibidos, o cavalheiro mascarado, mais do que satisfeito, finalmente se erguia para a estocada final, do alto da mira do autor, completamente tomado pelo instinto animal, num vai e vem desenfreado, retendo e segurando o prazer ao máximo até não suportarem mais.

Entretanto, o membro fiel ainda se continha mais nobre do que nunca fora ou poderia imaginar-se a vida inteira, tão altivo, e também por isso relutava em derramar seu pranto compulsivamente. E nessas alturas era ele mesmo, o próprio avatar do dono, que parecia de fato assumir no final o comando para se completarem de verdade.

— Beije-a nos lábios! Faça isso por nós! — ordenava o parceiro, pouco antes de desaparecer pulsante, dentro dela, na última estocada, com a feliz impressão de ter alcançado o útero da rainha e até a possibilidade de gerar outra utopia com ele, a de que seria perfeitamente viável reconfigurar-se no formato invertido de um ser humano e o autor passasse à condição de membro ou mera extensão sua.

Então, Nemo a beijava com sofreguidão enquanto, de baixo, o outro sentia-a mais e mais lubrificada e contrair-se, até que, da explosão, uma torrente se desencadeava e a expressão do desejo assumia uma extensão única e incalculável.

Assim, depois de assistirem tudo minguar na volúpia, todo o desejo, o avatar passaria a não ser nada e dele ninguém parecia mais se lembrar, talvez, mas ainda assim deixaria a Nemo um importante legado, como uma das maiores lições da vida, e sentia-se vivo e completo como nunca, com Benzaquem adormecida no colo dele por um tempo, até que despertasse.

Pouco antes de acordar confusa, a abduzida, depois de um suspiro, recebia o último beijo do autor, que desaparecia da frente dela, e a única lembrança que restava era a de um cavalheiro mascarado.

"Como é linda", pensava o Rei, rendido, depois de tomar o peão de volta e receber um belo xeque-mate da Rainha no jogo de xadrez do imponderado e sem perdedores.

Finalmente, a poucos passos dali, o último vestígio, além das pantufas e da máscara espalhadas pelo chão, era uma jaqueta sem mangas largada em uma cadeira perdida, da fantasia improvisada que Abel cuidadosamente recolhia de volta ao Ataúdes, como outra das impressões inusitadas do patrão que não poderia deixar perdida em qualquer lugar à mostra, até que fosse novamente acometido pelo intrépido desejo.

Em seguida, o mordomo seria requisitado pelo público, que o aguardava ansiosamente para testar a nova aquisição da casa, o piano de cauda.

"Quão nobres e elevados sentimentos que a música trazia!", pensava ele ao testemunhar as mais recentes repercussões virtuais daquele mundo estranho, de onde outros dramas ainda afloravam, embora não estivesse lá também só por acaso, e, como os outros, se divertiria à sua maneira, pois, com as emanações virtuais ainda mais elevadas, deixava-se levar por elas para tirar as melhores sinfonias do piano, que não lhe viriam de ouvido apenas.

Deixava fluir assim indelével o som, com a mente ainda mais liberta a vagar por toda a atmosfera do bar para atrair as atenções do público, cada vez mais magnetizado com a presença do apresentador, que prometia o impossível: fazer captarem as vibrações do teclado como se uma única sinfonia fosse a predileta de todos, numa escala bem mais vibrante dos sentidos desativados até que outro panorama se descortinasse do imaginário de uma janela ampliada do céu azul para delirarem e de lá se transportarem juntos com ele.

Assim, de uma para outras janelas, em uma infinidade de dimensões se lançariam sobre as notas musicais até alcançarem o lugar comum das maiores expectativas de todos, pacato e tão magnífico de afeições e gostos, que a sensação de comunhão pareceria insuperável até no paraíso.

Desse modo, outras músicas lhe vinham ao imaginário para o público seleto aprisionado em outra sequência de utopias dentro do sonho, que parecia já não ter mais fim, até despertarem novamente de onde estivessem.

Então, daquele ponto manteria o espetáculo com as impressões cativas, sem dedilhar os teclados, e os comensais finalmente esqueceriam todos os pedidos, como se a música fosse o único alimento que nutria a alma insaciável de todos naquele instante.

18

A tarde caía e a frequência se renovava com a chegada de outro cliente habitual, já com o paletó em mãos para entregar ao mordomo, que, em seguida, o conduzia a um assento disponível e recebia dele o gesto de agradecimento, com a mesma parcimônia de sempre.

— O que devemos lhe servir no dia de hoje, caríssimo cliente? — dizia Nemo ao frequentador assíduo.

— Por que tanta formalidade?

— Não entendi a surpresa.

— Desse jeito, olhe!

Levantava-se o cliente, dirigindo-se de novo ao guichê e de lá retornava, antes de uma volta completa ao redor da mesa, para sentar-se novamente no mesmo lugar, exibindo o maço de cigarros surrupiado do bolso do velho amigo sem que percebesse, e arrancando risadas do velho.

— Agora o dia começa bem — corrigia o notário.

— E o que temos de novidades? — disse o outro enquanto Lemos observava tudo ao redor e levava uma eternidade para responder.

— O assunto é sério agora e deve ficar atento para o que ocorre aqui mesmo, a sua frente.

— Não me diga!

— Entenda como um alerta para que o *saloon* não se transforme numa espelunca e atraia os piores elementos do passado.

— É tão grave assim?

— Certamente.

— E por quais motivos?

— Jogos de azar e apostas correndo soltas, você sabe.

— Têm a ver com atividades do bar, meu caro. E você até poderia questionar melhor como as funções de operador cumuladas com a de um notário não guardam relação alguma.

— Não chegaria a esse ponto porque tem mais a ver com o roteiro que criou, com seus conflitos.

— Mas não teria tanto controle assim porque não está no *script* e no máximo segue a lógica dos algoritmos — disse Nemo sorridente.

— Como assim?

— O que poderíamos esperar de um ambiente de diversões numa cidade tão pequena e pacata?

— Quer dizer então que o repositório de impressões daria um jeito.

— Em grande parte, sim.

— Até que viesse também um alerta de varredura virtual e a presença não tão amistosa do delegado?

— Eles podem rastrear o que quiserem e não encontrariam distúrbio algum porque sempre lidamos com isso.

— Não me parece normal ou simples de resolver como aparenta.

— Eu percebo que jogos que envolvem apostas têm mais relevância para você de que para os outros, ou seria algum daqueles jogadores?

— E o que eu teria a ver com isso?

— Talvez por outras questões passadas, relacionadas a esse assunto.

— Dê um exemplo.

— Talvez de um episódio infeliz de sua vida.

— O meu passado? Isso teria alguma importância aqui?

— Sim, porque não viria só de você, como um estigma, o suficiente para obter um protagonismo diferente do que esteja acostumado — disse Nemo.

— Assim como um carma?

— Sim, talvez!

— Mas eu não aprovo.

— Perfeitamente, a opção é sua, ainda que fosse uma oportunidade.

— Deve estar brincando, pois nessa história as opções são suas e já foram feitas de impressões anteriormente criadas para se locupletar, eu tenho no máximo um papel e função pré-definidos que consideramos, no máximo isso — disse o notário.

— Você bem lembraria há pouco do início da nossa conversa sobre jogos de azar como um ritual do velho mundo que, no seu caso, poderia deturpar a razão e os próprios princípios se reavaliasse as consequências geradas, não é?

— Refere-se ao passado e muitas questões a ajustar.

— Sim.

— Pois você é quem faz questão de reviver seus carmas e eu, ao contrário, sou da teoria de que "aqui se faz, aqui se paga". Como não ocorreram aqui, eu não pago! A opção, então, é minha.

— Mas considere que muitos fatos intercorrentes aparentemente lúdicos não vêm apenas de personagens que se recriam das impressões, mas de projeções, ou seja, de mutantes de origem incerta e indeterminada que por algum motivo bem relevante se tornaram cidadãos.

— Certo, então, aceito tudo, mas entendo pouco ou quase nada, por isso reservo-me o direito de resolver questões que não tenham a ver com impressões minhas, apenas com as suas.

— Sim, como disse, a opção é sempre sua — disse Nemo.

— Jogar assim é melhor para você, autor, que já adquiriu o hábito de lidar com seus dramas.

— Mas as minhas impressões surgem voluntárias e vieram de mim.

— Lá vem você de novo atribuir importância maior do que deveria a impressões, se elas incomodavam você antes, não é o que ocorre comigo.

— Pois bem! Presumo que ainda preserve a memória de seu maior desfalque.

— O valor é o de menos, mas nesse ponto, diria que, somando tudo, chegaríamos à cifra de três milhões de dólares americanos, que, convertidos em bitcoins, estaria em torno de... Ora! Vamos! isso não importa porque o valor substancial foi ressarcido ao Tesouro e, como você sabe, eu trabalhava havia pouco tempo para eles e bem cumpri minha missão perseguindo outros *hackers*.

— Está plenamente convencido disso, como cidadão americano?

— Sim, por que não?

— Embora o valor em si seja o de menos e tenha outro motivo?

— Decerto que sim para quem se infiltrou no sistema do Pentágono e provou que era precário, seria uma ótima atitude para evitar mais vítimas e prejuízos futuros, quando se trata de segurança, não acha?

— E, mesmo assim, o estigma prevalece em você, por que seria?

— Não tenho nada que me preocupe ou a justificar com você. Por isso repito que deve estar blefando — disse Lemos incrédulo.

— Pense melhor nisso e conversamos depois, se resta um pouco de remorso.

— Aí você foi longe, se existia algum remorso, provavelmente foi deletado.

— Como um psicopata absolveria a si próprio da própria culpa moral configurada em Pilares, vamos supor assim.

— O que está dizendo! Do que me acusa?

— Pois olhe à sua volta.

— Isso não faz sentido, eles estão ali, como em qualquer lugar eu me depararia com mil demônios porque não me afetam, inclusive eu já me livrei de vários e a culpa não é o principal deles.

— E haveria outro em potencial para incomodá-lo?

— Talvez a ira, com que me acostumei desde antes e nem precisaria chamá-la, quer ver? — disse, rindo, o notário, um tanto deselegante.

— Aquele homem ali, por exemplo você reconhece?

— Durval, o degenerado!

— Sim, exatamente!

— É claro! Aquele rato me incomoda!

— Por que seria?

— Talvez por ter reparado tanto no mesmo perdedor em tão variadas roupagens.

— Pois o que percebo é que o frequente perdedor passaria facilmente incólume para todos os outros, não para você.

— Pois tenho vontade é de acordar o desgraçado do pesadelo — disse, rindo, o notário.

— Isso pouco adianta porque já se radicou, não é mais um mutante.

— Então não pode ser mais nada, não vejo impressão alguma nele, além de um vagabundo.

— Apenas assim pode notá-lo?

— O que poderíamos dizer de um indigente que sempre se arrasta como um verme pelas calçadas e poderia estar melhor? Francamente não teríamos como ajudá-lo.

— Pois é!

— E o que mais você tenta provar que eu nem me lembre? — perguntou o notário intrigado.

— Que talvez tenha ainda a necessidade de reproduzir sucessivos pesadelos alimentando o mesmo vício só para se arrepender de novo e acordar aliviado, mas isso ele já não pode fazer, sabe por quê?

— Por quê?

— Porque não teria mais nada a ganhar que o satisfaça e nem a perder na realidade.

— Impressões perdidas assim de um autor de ficção científica, você realmente me espanta!

— É importante que entenda que ele é registrado de pleno direito como cidadão e deve ser reconhecido dessa forma.

— Ah, sim, consta como viúvo nos registros, mas na condição de mutante, uma das raras exceções — disse o notário.

— Jamais poderia se não se estigmatizasse como eterno penitente de uma falsa impressão.

— Que vá se criar, então! Agora chega!

— Talvez se surpreenda — disse Nemo, que fazia uma leitura inacabada do indigente que não se firmava em lugar algum porque na realidade havia deixado uma viúva e outros filhos pelo mesmo motivo de um pródigo irrecuperável, um perdedor contumaz que sempre acreditava no futuro e se frustrava no presente.

— Como havia lhe dito, o melhor mesmo é não pensar. Deletemos o incômodo! — disse Lemos ensimesmado.

— Mesmo consciente de que ele não consiga manter-se aqui na obsessão de um pesadelo?

— Pois bem, devo ir agora! Estou cheio disso! — disse o compadre, fazendo um sinal para o atendente.

— Mas é cedo ainda!

— É melhor porque o movimento será intenso amanhã no cartório, com muitos títulos de propriedades a regularizar — disse o notário enquanto saía.

— Espere aí! Parece que Abel vem pessoalmente trazer o seu casaco.

— Logo para mim? Que gentileza da parte dele!

— Sim, que mordomia! — respondeu Nemo, surpreso com deferência dirigida ao cliente que tratava com reservas o criado, só para mantê-lo distante.

— Pois já estou começando a gostar desse rapaz — disse Lemos, fingindo-se admirado.

— Então, demonstre!

— Não seja por isso! — disse Lemos, mesmo indignado, levantando-se para merecer o gesto.

Embora ninguém percebesse que a presteza mais se devesse a alguma incumbência do que a ele próprio, vestiu o casaco e despediu-se de todos.

Todavia, enquanto caminhava, vinha a lembrança da última parte da conversa sobre Durval e foi tomado de uma estranha comoção, logo ele que nunca se imaginou capaz de sensibilizar-se com a ruína de apostadores compulsivos, uma categoria de indivíduos que considerava tanto quanto ratazanas que infestam os esgotos.

Mas Durval, por algum motivo, se distinguia do espírito tosco de alguns frequentadores como um fantasma abnegado que se penitenciava de uma saudade doída e eterna, decorrente de um enfarte fulminante que o privou da convivência familiar.

Não, o destino não poderia ser tão cruel para qualquer renegado, mesmo os relegados a viverem no mesmo inferno particular dos irrecuperáveis que não tinham alento algum, e assim vinha a impressão invasiva de quem deveria ser e não era digno de merecer um avatar.

Imediatamente, o notário ressentia-se de um desgosto ainda maior, que se traduzia numa pontada no peito que se alastrava para o braço inteiro, mas ainda não o detinha, no máximo seria um indicativo de que a saúde física estava comprometida apenas na origem, mas, na verdade, provinha de uma espécie de armadilha psicológica do passado remoto que somatizava o inequívoco desconforto em Pilares, a partir de um gatilho da mesma comoção desenfreada que sentiu logo ao vestir aquele casaco entregue por Abel com tanta presteza.

Entretanto, sem poder ainda acreditar que apenas se despojar do sobretudo era suficiente para que tudo se normalizasse, foi o que de fato fez logo em seguida para retomar o ânimo e ignorar o sentimento invasivo para dirigir tranquilamente, sem interferências externas, e assim já contornava a pequena praça que indica a saída leste da cidade até a bifurcação da rodovia em direção ao trecho em declive para as encostas até a longa pista tortuosa que subia ao redor da serra, revelando aos poucos o desenho magnífico da topografia das fazendas que dividiam o verde em variadas matizes das plantações que cercavam todo o perímetro urbano e assim parecia ainda mais se aproximar do céu para matar as saudades que atingiam o ápice de suas carências, no cume da montanha, onde habitava a melhor parte do passado que ainda teimava em manter vivo.

De fato, Celina era um segredo que habitava o coração e lhe ressurgia como utopia de uma impressão proibida que nem ele ou o autor poderia habilitar em Pilares, mas que, mantida, preservava como um bibelô numa da caixa de joias a que dava corda para que renascesse todas as noites de seu alterego para iluminar cada recanto da solidão que habitava seu castelo de saudades eternas, até que a ilusão se desvanecesse do imaginário logo pela manhã, ao retornar à cidade.

Naquele dia não parecia diferente, embora premido de uma estranha ansiedade que não prometia uma noite tranquila e, já no dia seguinte, se visse na iminência de sair apressadamente e, sem nenhum sinal da amada, ressentindo-se de que ela não viesse acompanhá-lo até a porta para se despedirem, talvez para que percebesse que algo não ia bem.

Então, ele voltava para tentar entender o motivo e confabular com ela, que provavelmente deveria estar naquela hora onde gostavam de permanecer às vezes, quando se mantinham conectados numa interface dos mais estranhos monitores que funcionavam como abertura de portais de acesso naquele jogo que se abria da forma mais inusitada a outros operadores de fora identificados a partir de um sexto sentido adquirido para que impressões correspondentes e afins se firmassem com mais facilidade, para a sua sorte, no espelho da sala de jantar, que possibilitava uma perspectiva bem diferente de fundo.

Entretanto, muitas vezes o tal espelho ignorava a pretensão e retinha apenas o seu reflexo solitário, o que o fazia mesmo assim insistir e renovar esperanças de que um dia ainda pudesse sonhar com ela ali ao lado dele e pudessem finalmente sacramentarem juntos a união dos mortos em outro tempo. Enquanto isso, permaneceriam namorando cotidianamente como mutantes sonhadores quando ela surgia inicialmente apenas das lembranças dos melhores momentos vividos, a movimentar-se sorridente e comunicativa pela casa, ora para longe, ora bem próxima do fundo do espelho até onde a visão não alcançasse.

— Mas onde ela estaria, afinal, naquele instante? Provavelmente se foi por algum motivo, embora não tivesse o hábito de deixá-lo aguardando tanto tempo até que regressasse efusivamente de outra dimensão para conversarem.

Embora a própria consciência não o perdoasse às vezes, repercutia dali como um grande complicador pela vida desregrada que obtinha no vilarejo além dos pensamentos impuros que também não escapavam tão facilmente ao sórdido espelho, o qual não filtrava e só refletia a expressão final de seus desejos.

Nessas horas, ele suplicava ainda mais pela presença da amada na origem, como um cabo de guerra travado entre as lembranças conflitivas, alimentadas de outro tempo e de outros desejos que ela não perdoava, até que se desvencilhasse e o perdão recuperasse aos poucos a autonomia distante e relutante de verdadeiras intenções para estarem juntos finalmente, o que aconteceu naquele dia.

— Bom dia! — vinha afinal a doce impressão de fundo.
— Bom dia!
— Que falta de atenção, hein! — disse ela.
— Eu peço desculpas.

— Ajoelhe-se! — ordenava, e ele se ajoelhava.

— Pronto! Levante-se, traste! — e ele obedecia imperturbável.

— Assim não conseguirá manter-se aqui por muito tempo simulando um ceticismo exagerado que nunca foi seu — dizia ela ao androide que surgia do outro lado na tela dela até que se aventurasse a jogar também, só que de uma perspectiva bem mais limitada e ampliada por ele.

— Vou tentar, mesmo assim, ainda manter-me nesse Universo, mas não partilho minhas impressões com o resto da população se não puder estar comigo aqui definitivamente.

— Louco desvairado!

— Quem? Eu?

— Não é o Lemos que conheci.

— Sim, sou o mesmo, querida!

— Acho que enlouqueci, está irreconhecível como avatar.

— Ah, é? E o que mais chama sua atenção nele?

— Com certeza esse casaco o torna ainda mais surreal, não o reconheço mais!

— Não, por favor! Venha para mim, eu suplico e sei que você consegue me ajudar com isso se quiser — pedia o notário.

— Vamos ver! — disse ela e se voltaram de fora e do fundo do espelho ambos os olhares para uma só direção dos óculos 3D que ela usava.

— Para começar, vamos decifrar esse olhar estranho de quem me evita desde ontem — disse dengosa, já o preferindo mais próximo no tempo presente que no futuro distante.

— Sim.

— Por falar nisso, você bem que poderia me ajudar agora.

— De que modo, o que seria?

— Não sei, mas imagino que seja uma questão delicada — disse o tabelião.

— Pelo que já havia falado, acredito que seja outra incumbência do autor para justificar não os só os dramas que ele tem, mas, nesse caso, os seus próprios conflitos.

— Os meus? Será mesmo?

— Sim, senhor, mais do que nunca, de algo diferente com que não se conforma ou evita perceber e combater de frente: será que não seriam as mesmas tentações do bar?

— Não, não seriam.

— Tem certeza?

— Não insista e não tente enxergar o que não deve, pois, de outro modo, encontrará outros demônios que não convêm — advertia ele.

— Como se já não tivesse belzebu bem próximo — disse ela, sempre brincalhona e sorridente.

— Não, não combinaria comigo a aparência desse tipo de avatar e você nunca colocaria esses enfeites na minha testa, não é?

— Muito confiante, você, embora pela sua fisionomia séria nem pareça vestir agora a impressão de bizarrice das minhas desconfianças, muito pelo contrário.

— Verdade mesmo? Pois tenho certeza de que isso não é tudo o que diria para me convencer de que algo está errado — disse Lemos a respeito de outro tormento injustificável que parecia impregnado naquele casaco.

— Não pode mais alimentar o velho conformismo que obstrui sua visão — dizia ela, que escapava de novo dos braços dele para a outra perspectiva mais distante não idealizada.

— Certo, você percebe o drama, mas não fuja do tormento, por favor — insistia Lemos.

— Se me quer de volta, use a imaginação e tente me reconquistar, você consegue — chantageava a matrona, que ainda parecia mocinha aos olhos dele.

— Muito bem! — disse sem nem olhar direto na direção de onde vinha a voz imaginária, até se lembrar do sinal tão vivo e duradouro de todo o tempo em que ela esteve apaixonada por ele e ele ainda mais por ela, mas não conseguia demonstrar naquela época, e resgatava a lembrança impressa na mesma marca de batom que deixava todos os dias, só para que ele reparasse no espelho, e depois novamente apagava.

Aquele parecia ser o teste e a lembrança era tão forte e evocada que ambos sabiam exatamente onde deveria estar e talvez quase conseguissem enxergá-la como um sinal do tempo que marcou o relacionamento.

Entretanto, ela não estava disposta e nem teria a mesma atitude de antes sem prova alguma, e com a visão distorcida do potencial que tinham para salvar o casamento desde antes, prevalecia sobre todos os defeitos e até as marcas ocultas da idade desapareciam do espelho, embora, naquele instante, ela já não pudesse mais repetir o gesto sem prova alguma, então ele vinha confiante e tascava um beijo no espelho e imediatamente sentia o calor dos lábios dela, que se libertava do espelho e do mundo material para a mesma utopia, como uma gata no colo dele.

Assim, permaneceram por um bom tempo namorando porque utopias em Pilares subvertiam as ideias e, como era óbvio, também a noção do tempo, até se reconfigurarem do encantamento para o equilíbrio, longe de despropósitos e inconformismos, embora Lemos conseguisse por algum tempo ainda manter ali a impressão mais conformada da esposa, como sábia conselheira que havia se tornado na realidade para finalmente fantasiarem.

— Mágico isso, despertar aqui depois de outro sonho antes de acordar finalmente.

— Ótimo saber que você também não se liberta da minha mente.

— Então, faça por merecer, você me parece estranho — escutava de novo a outra voz, e não mais a do anjo que vinha do fundo do espelho.

— De que modo? — dizia ele.

— Para começar, que perfume é esse, por acaso? — disse ela bem próxima e inquisitiva no seu cangote.

— Ora, só pode ser o meu próprio perfume, mulher!

— Mas não é mesmo!

— Como não poderia ser?

— Se ainda sonho o mesmo sonho, a balbúrdia da cidade deve estar consumindo o resto das conexões virtuais de seus neurônios.

— Tudo por causa do perfume impregnado na roupa?

— Não, mas do casaco que não é o seu.

— Será mesmo possível? — disse Lemos, percebendo mais claramente a estranha tensão de uma responsabilidade que se avultava desde que saíra do *saloon* vestido naquele traje, já premido de um sentimento de culpa de que não lhe caberia vesti-lo como se fosse o dono dele.

— Que maluquice é essa? — voltava a dizer.

— Certamente, estou desconfiado.

— De quê?

— Não é possível que tenha demorado tanto tempo para perceber a troca, mas tudo bem.

— Agora deve ser capaz de perceber os detalhes na gola — disse a mulher por trás dele, conduzindo o dedo mindinho por uma listra branca e quase apagada na lapela, bem mais nítida sob a luz natural, enquanto outros dedos dela deslizavam pelo seu pescoço.

— Provavelmente o novato se confundiu.

— Novato?

— Sim, o que assumiu a função de Joarez — respondeu, ao lembrar-se da iniciativa de Abel de ir pessoalmente entregar-lhe o sobretudo, e, desde então, o degenerado Durval passou a ser foco de seus questionamentos, tão insistente que mais parecia o cobrador de uma dívida que ele não tinha.

A jogatina teria sido mero subterfúgio, assim como a perda material na origem representava um trauma irrecuperável da pobre criatura, talvez por se tornar impetuoso o suficiente para não conseguir sequer perdoar-se, ao passo que Lemos cada vez mais captava o sentimento oculto, tendo de descobrir o que de fato houve.

Portanto, saía de lá depois da conversa e via pelo retrovisor a ilusão perdida se desmanchar como uma miragem desértica que, em seguida, se dissipava como uma frágil lembrança de castelo de areia consumido pelo vento até que novamente se reconstituísse do nada, quando a saudade de novo abatesse de seu inconformismo e trouxesse-o de volta o lar pelo mesmo caminho.

No entanto, o mesmo problema remanescia e não era capaz despojar-se dele e tentava identificar a causa daquele sentimento que surgiu ao entregarem um fardo para vesti-lo como tivesse se apegado incondicionalmente à causa que não era a sua ou lhe dissesse respeito.

Logo ao chegar à repartição, percebia de longe a extensão da fila que tendia a esvaziar-se, provavelmente de mutantes e outros deslumbrados que achavam possível nos sonhos garantir a posse de qualquer terreno e configurar ali os sonhos deles e assim encampar a noção de que a propriedade em Pilares garantiria a permanência ali, embora o notário tivesse um motivo muito mais relevante para estar lá naquele dia.

Então, para evitar o tumulto, desviava a trajetória em direção a outra entrada com acesso ao elevador privativo direto para o escritório e assim possibilitaria que seus encarregados, que aguardavam ainda no painel a chamada das senhas alfanuméricas, descobrissem o propósito de cada um deles.

— Bom dia, dona Marlene!

— Bom dia, Dr. Lemos! — disse a senhora bem clara e sorridente, toda serelepe, de cabelos loiros e cacheados.

— Estás bem animada mesmo com a agitação de hoje.

— Com certeza ficamos assim nesses novos tempos, chefinho — disse ela serelepe e desvairada, como se estivesse no paraíso e o sonho fosse acabar a qualquer instante.

— Verdade! Alguma novidade ou caso que tenha chamado a atenção por aqui? — perguntou ele ainda tenso e tentando esboçar um sorriso.

— De estranho, apenas duas pessoas — disse, apontando para um sujeito plantado ali desde que o cartório abriu as portas, com uma escritura e a procuração de próprio punho assinada.

— Poderia confirmar para mim do que se trata, por favor? — pediu Lemos, cismado de que fosse o próprio Durval Fonteles.

— Sim, imediatamente! — disse ela, retirando-se aos pulinhos e quase esbarrando em outra pessoa no corredor, que também tomava o rumo do escritório.

— Dr. Lemos? — disse a pessoa poucos passos adiante.

— Oi Fred, fale!

— A empresa *Torres & Advogados* Associados mandou um representante virtual verificar com o senhor alguns títulos protestados.

— Certo, atenderei esse holograma ridículo quando surgir a oportunidade, obrigado! — disse, fechando a porta, ao mesmo tempo em que pensava em retornar ao High Star para devolver o casaco trocado e desfazer o engano, embora devesse aguardar dona Marlene com as informações, porque, se fosse mesmo Durval a pessoa mencionada na escritura que tinham em mãos, proprietário e autêntico cidadão recuperado de suas próprias impressões, isso seria o sinal de que algo muito errado disfarçava a pretensão e a um preço que a vítima se penitenciava a pagar, mesmo que não devesse nada.

— Dr. Lemos! — disse alguém ao telefone.

— Sim, Marlene!

— Confirmado que é uma transferência mediante procuração assinada de Durval Fonteles, de próprio punho, para Paulo João da Silva.

— Entendido! Eu já desconfiava disso. Faça-me um favor! — disse Lemos, sabendo de antemão que propriedade virtual alguma de Pilares poderia ser adquirida a qualquer título ou soma em criptomoeda por um mutante de quinta categoria. Apenas a título de convencimento se valeria de um argumento legal e legítimo, uma brecha na legislação brasileira para que o negócio não prosperasse, pois, de acordo com a legislação pátria, dívidas de jogo não poderiam ser reconhecidas nem nos sonhos.

— Pois não!

— Fique de olho e, quando chegar a vez, encaminhe-o direto para mim, sem a presença dos outros — disse ao telefone enquanto sentia aflorar o mesmo sentimento estranho de compaixão.

Embora ainda imaginasse como os casacos de legítimos avatares pudessem ter sido trocados para que Durval ficasse também com o dele e não com o de um outro freguês, tudo passava a fazer sentido e contribuiria para a incrível sorte daquele sujeito, sério candidato a obter um lugar cativo em Pilares.

— Dr. Lemos, sou eu de novo!

— Pois não, Marlene!

— Chegou a vez do senhor Durval, posso encaminhá-lo?

— Sim, faça entrar agora, por favor.

— Dr. Lemos, como tem passado? — disse o cliente ao chegar, forçando o sorriso enquanto o outro levantava-se para recebê-lo.

— Muito bem, entre, por favor, e fique à vontade — disse ao homem de ombros curvados e abatido que detinha uma expressão atormentada no rosto, conduzindo-o a uma poltrona confortável e oferecendo-se para pendurar o paletó, o que, por enquanto, ele recusava.

— Poderíamos analisar os antecedentes pessoais e o nada consta do imóvel, bem como a documentação necessária para adiantar a transferência, embora fosse melhor que pensasse um pouco mais.

— Sobre o que, afinal?

— Sobre o bônus que o vencedor levaria e o ônus com que perdedor teria de arcar, nesse caso.

— Creio que não seria pertinente tratar aqui desse assunto.

— Talvez seja difícil falar sobre isso, eu entendo, mas é necessário.

— Dr. Lemos, imaginei que o senhor pudesse agilizar a transferência, mas estou relutante em contar com sua ajuda.

— Certamente que o verdadeiro motivo de chamá-lo em particular não foi exatamente esse.

— Como assim, Dr. Lemos?

— Eu explico e serei breve, senhor Durval, tudo teve início ontem no *saloon*, depois de um simples equívoco na devolução dos trajes.

— Não lhe entendo ainda — disse Durval.

— Primeiramente, não sei se o senhor reparou que o casaco que veste não é o seu! — disse Lemos, estendendo o braço e apontando o dedo indicador para o detalhe.

— Oh, sim! Nem havia reparado o erro, depois da noite tumultuada, embora me sinta bem confortável nele, me desculpe!

— Não há do que se desculpar.

— Percebo, mas se não tivesse bebido tanto...

— Não veja desse modo, o camareiro, no final, foi o responsável e isso é o de menos.

— Então, nesse caso, não entendi ainda o que me trouxe até aqui.

— Trata-se apenas de uma reflexão, senhor Durval, que pode ajudá-lo.

— Reflexão!?

— Exatamente! Sente-se, por favor.

— Do que se trata? — disse Durval.

— Certamente eu não gostaria de intrometer-me se não fosse importante e deve considerar um motivo válido.

— Pois não.

— O senhor não perdeu propriedade alguma por nenhum acordo válido de vontades se entende que uma dívida de jogo não gera nenhuma responsabilidade, apenas serve para arquitetar uma culpa inexistente de impressões vagas e irreais de jogadores fantasmas, reflexos de sonhos que apenas alimentam o pesadelo de seu fracasso.

— Mas eu perdi de fato e nada pode isentar-me.

— Não, o senhor não perdeu de pleno juízo, não é um perdedor e nunca será na vida; além do mais, nada o obriga e mutantes não podem adquirir propriedades por aqui, no máximo restaria para eles a amnésia de um sonho perdido.

— Está enganado, senhor Lemos, eu perdi o jogo, mas não minha palavra empenhada, e, se a propriedade não for transferida a quem de direito, deve ser liquidada ou convertida em bitcoins, não me pertence mais — prosseguia Durval irredutível.

— Percebo que as únicas virtudes que o movem são a honestidade e a própria culpa, portanto, não se volte contra si mesmo sem a razão ou o pleno domínio do que ocorre.

— E como poderia negar a pendência, ou por que você seria a pessoa mais apropriada para me aconselhar, sem que lhe pedisse ao menos opinião?

— E quem mais você acha que teria esse interesse oculto?

— Não faço ideia.

— Pois então me apresento como o homem responsável desde o começo pela sua completa ruína — disse Lemos, levantando-se com a mão direita sobre o peito, na altura do coração.

— Como poderia ter sido você a essa pessoa? — disse, olhando o notário nos olhos, sem acreditar, quando um silêncio parecia se eternizar entre ambos.

— Eu, como qualquer outro *hacker*, jamais seria capaz de identificar porque é capaz de enxergar apenas em si mesmo o verdadeiro culpado.

— Difícil acreditar nisso — disse Durval ainda passado, sem processar as informações.

— Certamente, mas estou aqui para ajudá-lo.

— Não tenho nada a dizer por enquanto

— Pois então eu gostaria de tirar uma dúvida.

— Sim, prossiga! — disse Durval.

— E sobre o meu casaco, o que poderia mais se lembrar desde ontem à noite ao vesti-lo? Digo, qual a impressão que lhe causou? — perguntou Lemos.

— Alguns pensamentos absurdos que me invadiam a mente, como se nada dependesse apenas do meu julgamento e qualquer decisão a tomar já não interessaria tanto a mim após aquele jogo, o que seria inútil, porque já estava decidido.

— Reflexões, você diz? Então, de que tipo? Estou curioso.

— Preste atenção, sou responsável por tudo o que fiz, então não me serve mais a impressão! Tome o seu casaco de volta.

— Pois eu lhe digo que foi a melhor forma de se revelar, você tem um papel importante nessa história e um dos motivos de estar aqui é o de que não alimenta ódio, rancor ou ressentimento.

— E o que mais?

— Que por um instante cheguei a desprezá-lo, mas temos muito a aprender com o senhor.

— Como poderiam aprender algo com um perdedor e do mundo de onde viemos só existem duas classes, a dos vencedores e perdedores.

— Então, tenho algo a dizer sobre perdedores — disse o notário.

— E o que poderia dizer?

— Que perdedores ocasionais e devedores não se confundem, aqueles perdem um ou outro jogo e não a razão de tudo, enquanto os outros algum dia percebem que o dinheiro e a ascensão não são o que faz prosperar.

— Pois me parece difícil a muitos se convencerem.

— Será mesmo? Tenho de admitir que me encaixo no segundo grupo e o senhor no primeiro.

— E o que mudaria a situação na prática?

— Você ainda pode se libertar, mas eu estou condenado a viver com esse fardo, a conclusão é toda sua, meu caro!

— E, no final, o que viria, além do seu reconhecimento?

— Tudo tem uma razão de ser, de impressões descabidas obtidas de vestimentas parecidas que se originaram de propósitos falhos no passado, hoje integram nossa verdadeira identidade forjada nos avatares em Pilares — disse Lemos, que se surpreendia com a própria atitude e cada vez mais acreditava nas coincidências daquele jogo.

— Incrível a franqueza, mas devo acreditar que as consequências da minha miséria pessoal vieram das minhas próprias decisões e você, como ladrão, agiu como qualquer outro delinquente faria na época, se tivesse oportunidade, e nem saberia o prejuízo que poderia causar e ainda insiste em se redimir para me salvar de mim, mas não posso permitir que vista de novo o meu casaco, devolva o meu carma.

— Então, vamos lá! O que tinha a dizer você já sabe. Tome o seu — disse Lemos.

— Certo.

— Vista-o, por favor, agora — disse o notário, capaz de antever o resultado.

Ao vesti-lo percebia nele outras impressões se completarem a partir das próprias vestes e da energia renovada de quem lhe havia suportado o fardo e se admirado de suas virtudes, de um juízo que não obtinha apenas de si.

Assim, a vítima era capaz de perdoar-se, e não apenas ao algoz, a tal ponto que o fazia sentir como se não vestisse mais fardo algum e se redimia do erro, tomado imediatamente do ânimo da esperança inabalável e da resignação com o seu destino.

Num vislumbre, o passado lhe vinha de novo à tona para perceber que o que mais queria era o melhor para a família, mesmo de forma imprudente, e, logo após, o arrependimento, traduzido na sensação psicológica e doentia do vício pelo risco, e as consequências com que deveria arcar sozinho e se julgava merecedor, no autoflagelo, que era o único meio de aplacar o peso da consciência para no final ser coroada com o halo de espinhos das mãos do próprio algoz, mas a redenção viria dele, das impressões trocadas.

Entretanto, ao vestir o dele, de novo, o notário pareceria ainda o mesmo ser impetuoso de sempre, mas que, embora extremamente orgulhoso, no íntimo era capaz de reconhecer e reverter o transtorno causado e tornar-se ainda melhor naquele traje.

19

Ao término do primeiro turno no cartório, o notário perfazia o mesmo trajeto da caminhada diária quase ininterrupta até o *saloon* e sentia-se como se já estivesse adiante no próprio entendimento, admirado de como eram capazes de recriar as impressões do mundo material naquele Universo e congelar o tempo no presente, livres de um passado inexorável de lembranças desnecessárias, de modo que até liberavam mais espaço na memória para que o sistema não sobrecarregasse, com todas as atualizações do sistema operacional em perfeita ordem.

Tão logo ele chegava, percebia o ambiente repleto de uma infinidade de cores, gravuras e bugigangas penduradas por todo canto, assim como os ânimos contagiados pelo clima de euforia ao som da música *Mariachi*, que açoitava com a tranquilidade da cidade inteira, até ser finalmente conduzido pelo mordomo, totalmente indiferente ao incidente da troca de casacos na noite anterior.

Deveria, então, finalmente render-se à possibilidade de um repositório de impressões perdidas, personificado naquela pessoa como algo perfeitamente natural e deixar-se levar pelo clima de euforia e pela magia da culinária mexicana até ter a oportunidade de juntar-se novamente ao anfitrião, quando vagasse um assento no puxadinho, com a acústica perfeita para um bate-papo.

Enquanto isso, observava o preparo de drinques e novos experimentos de coquetéis oferecidos por um tal Tião, representante dos fornecedores de bebidas e marqueteiro profissional da região, bem ao estilo de um lorde inglês de boa aparência, porém sofrida e disfarçada pela barba negra e fechada que bem suavizava as feições do rosto longo, envelhecido e empapuçado, com espessas sobrancelhas, que diminuíam ainda mais os olhos miúdos e quase inexistentes de um cão dinamarquês. Entretanto, eram o charme e as incríveis habilidades com que era desafiado a provar o tempo todo, que atraíam as atenções de todos e inclusive a dele.

Até ser interrompido pelo velho amigo que o identificava de longe, já totalmente à vontade em uma camisa havaiana, acompanhado de outros camaradas, que o saudaram da mesma forma.

— Por essa eu não esperava — reagia Lemos ao aproximar-se, gesticulando e apontando em todas as direções as novidades.

— Chegou bem na hora! Tome um assento! — disse o anfitrião enquanto o resto do grupo, quase todos de porre, se dispersava aos poucos para servir-se no buffet e apenas os dois sobraram ali.

— O que ia dizendo?

— A cada dia, um novo show.

— E você ainda se espanta?

— Verdade, mas não canso de me surpreender.

— O show vocês é que fazem e não poderia mais procrastinar as alegrias.

— E você então!

— O que tem eu?

— Parece ter a intenção de ser cada vez menos notado.

— Assim como na vida que levávamos, a velhice parecia ser e evidência física de que nossas próprias atenções não deveriam mais em nós se concentrar.

— Parece mesmo próprio da natureza humana.

— Sim.

— Aliás, não me admiraria que você um dia viesse aqui e não encontrasse mais o velho Nemo, exaurido em cada um dos personagens abnegados em comemorar o presente — disse o autor, que sentia a euforia em cada um deles.

— Talvez não devesse pensar tanto assim.

— E por que não?

— Porque sou levado a pensar o pior, como se, de repente, tudo acabasse, sem possibilidades de revertermos a consciência na origem e no final condenados a permanecermos no limbo sem que ninguém tivesse lembranças de que existimos algum dia.

— E para que lembranças se podemos cada vez melhores um dia nos reconfigurarmos.

— É uma afirmação ou palpite?

— Quase uma afirmação.

— E o que me diria da possibilidade de, pelas interfaces a partir de novas conexões abertas, termos a qualquer instante a vida devassada, como em um *reality-show*?

— Até reconfigurarmos o nosso entendimento, sim, seria possível.

— E bastaria essa resposta do seu imaginário? O que me diria se já fôssemos observados por outros operadores e respectivos canais desconhecemos?

— Apenas você e ninguém seria capaz de pensar nisso agora, mas endosso o seu raciocínio.

— E por quê?

— Porque, a cada etapa do jogo, nos tornamos mais autossuficientes e as possibilidades de acesso se esvaem.

— Porém, não me contento, ainda busco uma explicação lógica e definitiva — disse o notário.

— E por acaso seria capaz de acreditar que fosse uma forma de induzimento ou que estivesse sendo abduzido agora? — disse Nemo, com uma provocação para testar o avatar do programador.

— Difícil responder porque a vida em qualquer instância não surgiria apenas das páginas de um livro seu, sem destino, se não fosse Deus o verdadeiro autor desse projeto.

— Muito bom!

— Agora, diga-me o que você toma, que eu quero tomar também para afugentar as desconfianças e más impressões equivocadas ha, ha, ha...

— Tome este aqui — disse Nemo, oferecendo-lhe um conhaque de cortesia que ele mesmo fez questão de preparar.

— Opa! É dos bons!

— Mas, mudando de assunto, foi incrível a oportunidade da família Ramos de reaver a propriedade inteira — prosseguiu Lemos, que, em seguida, se calou para identificar melhor quem lhe servia daquela vez o drinque, com um belo olhar lascivo *a la Marilyn Monroe*, só para provocá-lo.

— Sem dúvida alguma — respondeu Nemo, meio ao acaso, depois de algum tempo e sentindo-se como um balão que flutuava e era tocado de lá pela vibração dos acordes de um *La bamba*.

— Obrigado — disse Lemos a observar a loira estonteante que servia e posava à frente dele, sorridente, entregando-lhe a bebida, e com um gesto fazia deslizar os dedos pela superfície do copo até quase tocarem os dele, mas no último instante trocava sutilmente de mão o recipiente para evitar o iminente contato, só para provocá-lo.

— Você e a cidade toda já sabem, graças ao bendito documento surgido a partir de um repositório de impressões perdidas, como se a impressão virtual se processasse como a de um pedaço de papel, mas nesse caso a evidência foi plantada no imaginário coletivo, a melhor ideia para solucionar o problema.

— Muito mais do que isso a considerar para se convencerem no final da real intenção do personagem, de que a intenção estava acima de tudo.

— Melhor pensar assim — disse o outro.

Não por acaso também era tomado pelo realismo da impressão virtual, no momento exato em que os olhos de Susi, a sua frente, se distanciavam e de lá se voltavam para o outro lado do balcão, captados por alguém que tão bem faria lembrar o melhor amigo do homem, o velho cão que já marcava território, o suficiente para se afetar e rosnar de volta para ele.

— Embora Casimiro parecesse ter muita sorte de encontrar o documento — dizia Nemo, que percebia as reações e quebrava o clima inamistoso.

— Embora acredite que não tinha sido por isso apenas, Abel não poderia contar melhor essa história? — perguntou Lemos ainda perturbado.

— Ainda não! Mas que tal nos servirmos agora e prosseguirmos depois a conversa?

— Bora lá, então!

Contornaram imediatamente o balcão em meio ao fuzuê, passando por alguns casais de trajes coloridos, que dançavam, rodopiavam e até voavam como colibris por sobre o balcão em perfeita sintonia e equilíbrio, sem esbarrarem em qualquer pessoa.

De lá, avistaram o buffet bem guarnecido em duas grandes mesas laterais afastadas uma da outra ao fundo, rente às portas automáticas de blindex que davam acesso ao terraço, onde mais clientes se espalhavam em mesas circulares e dispersas ao redor de um espelho d'água que em noites de festas era totalmente coberto para servir de palco para artistas improvisados.

Porém, a euforia não duraria tanto para que a cidade voltasse à normalidade, mesmo que a dupla ainda permanecesse lá indefinidamente conversando depois do cafezinho, extraído da velha e supitante cafeteira, outra impressão recriada pela força do hábito.

— Onde estávamos mesmo?

— Na parte em que perguntava o que foi feito de Casimiro, depois da solução do caso — disse Lemos, que sacava em seguida um maço de cigarros, lançando-o no ar para o anfitrião.

— Bem melhor, agora — respondeu o ancião, apontando para si mesmo e acendendo um cigarro.

— E, nesse caso, o avatar até mereceria um registro como cidadão honorário?

— Sim, considero que a impressão foi marcante, além do que eu imaginava, e de considerável repercussão.

— E também um caso emblemático para o repositório de impressões perdidas.

— Sim.

— Assim como a troca involuntária foi uma saída para um problema sem solução aparente — disse o notário.

— Você é quem diz.

— Sei! Até parece que não tem ciência dessas ocorrências.

— Sim, não ignoro o fato.

— Mas o que mais me intriga nesse caso é o surgimento do documento no bolso do casaco abandonado, de cuja existência ninguém fazia a menor ideia, e suas implicações.

— Compreensível.

— Talvez, mas sempre resta uma lacuna quanto à elucidação de mistérios insondáveis dos casacos?

— Muitos eventos não constavam de minhas anotações.

— Sem dúvida, mas o que desperta interesse não é a dinâmica das ações voltadas para a solução dos casos da memória autônoma e enriquecida dos personagens, mas como se processa o sistema a partir de um repositório de impressões perdidas?

— Eu mesmo não saberia explicar, mas funciona e é eficaz.

— Então, voltando ao episódio, conte-me o desfecho do caso, depois de encontrarem o malfadado documento no casaco de Dejental.

— Sim, no final, depois de obterem a validação do registro e a propriedade de volta, como você sabe, ainda presenciei o personagem esboçar no rosto a maior expressão de surpresa da vida dele, uma cena tão bem feita que pareceria até cinematográfica — disse Nemo.

— Imagino o que representa esse documento para ele!

— Sem dúvida, a representação da verdadeira intenção do pai, o único que sabia o que se passava.

— Então.

— Então, o quê?

— A solução dos casos não são meras alegorias estampadas de casacos que transformam a vida das pessoas.

— Não.

— Assim como o Ataúdes serviria de portal ou arquivo morto para impressões, ou seria apenas maquinação sua?

— Poderia, mas, como sabe, certas atribuições eu delego.

— Então, a razão sem limites para o entendimento do mecanismo das ocorrências que podem parecer estranhas na troca de casacos e as consequências que adviriam depois devem ser vistas com naturalidade...

— Entenda como impressões se processam de forma automatizada no meio eletrônico muito além dos algoritmos, se não fosse assim, alguém teria muito poder e controle sobre elas.

— E a que conclusão adicional chegamos se um camareiro é quem opera diretamente esses recursos, o pleno domínio da inteligência artificial?

— Se eu não pautasse até certo ponto essas ações, sim, essa poderia ser uma conclusão.

— Então, eu e tantos outros podemos assistir apenas o mágico tirar o coelho da cartola?

— O que você sugere?

— Você já chegou a pensar na possibilidade de estarmos diante de um interventor e não apenas de um remoto?

— Então, vamos lá, como imagina que ele estaria agindo?

— Você mesmo poderia falar melhor, das últimas impressões que obteve.

— Eu diria que, a partir daí, talvez, nos tornaríamos próximos e confiáveis, né?

— Epa! Notou algo de diferente aqui? — disse o autor, interrompendo imediatamente a conversa.

Foi a deixa para que o notário voltasse as atenções para onde a do outro estava, Susi e Benzaquen, do outro lado do balcão em companhia de Tião, que ainda mobilizava as atenções do público com seus coquetéis alucinantes e exclusivos.

— É melhor se conformar com isso — dizia o autor ao ouvido com uma risada discreta.

— Dias melhores ainda virão, o que me diz?

— Nesse jogo arriscamos tudo mesmo, eu poderia acreditar em suposições absurdas, se não fosse...

— O quê?

— Difícil duvidar que são reais aqueles seios!

— Não posso acreditar no que disse! — disse o notário com uma risada.

— Sim, parece que estamos além e não nos transformamos em avatares ainda, é a mesma impressão que tem agora?

— Não, de que parece estar perdido e tomado por uma espécie de saudosismo para recobrar a velha forma física.

— Sim, talvez esteja certo, mas não me abalo com isso — sentenciava o autor, que dava alguns sinais de que não parecia mais ali.

Pouco tempo depois um grupo de cervejeiros habituais se aproximava do *saloon* em suas *harley-davidsons* para celebrarem mais um final de tarde até que o sol desaparecesse de vez, esparramando o tom dourado por sobre as montanhas, levando de repente todas as cores da natureza e a cerveja dos copos, o que também fazia esvaziar os assentos, pouco antes de servirem o costumeiro *brunch* das quartas-feiras, quando até o Vigário vinha apreciar os doces, mas, na verdade, se juntava ao grupo para encher a cara e falarem mais do que deviam.

No entanto, o avatar daquele pároco era munido de um sofisticado dispositivo de segurança que convertia automaticamente o verbete em latim, praticamente indecifrável aos outros bêbados, para que ainda mantivesse confiável o seu ministério.

Entretanto, o mais curioso era como Abel se mantinha mais vigilante naqueles dias e afinado com o histórico de gerações perdidas da lembrança de Pilares para compor as vestimentas dos avatares voltados para os próximos episódios, embora, no final daqueles dias apenas contasse com as presenças de velhos fantasmas ávidos por se encontrarem nos bailes de quarta-feira.

Embora as velhas impressões nunca vingassem ou fossem perceptíveis durante o dia, pareciam incrustadas como resíduos de DNAs a se avivarem preservadas em trajes esquecidos de seus mortos e ninguém mais parecia se importar tanto, e nem mesmo Nemo se dava conta do motivo de conservarem as peças trancafiadas no Ataúdes, como um jazigo coletivo e inviolável das lamentações abafadas que se abria na calada das noites de quarta-feira, também conhecidas como dias de ofertas dos mortos, cuidadosamente depositadas e com muita serventia nos bailes a rigor, quando ao final a sorte era tirada e transmitida ao escolhido por intermédio do repositório de impressões perdidas.

— Será que até aqui mutantes nos atormentam? — dizia horas depois o saudoso Dejental, tão afeiçoado a Nemo que já havia se desdobrado dos sonhos dele no sistema.

— O quê?

— Deveriam estar sonhando uma hora dessas!

— Não, seria apenas impressão sua — rebatia o anfitrião com uma frase que adorava e no final uma risada para o fantasma brincalhão.

— Hoje somos fantasmas, amanhã jamais.

— Ah! Não?

— Não.

— Entes reféns do passado não veem mais o Sol como esperança ao raiar de um novo dia se não forem invocados — disse Nemo lacônico e preciso.

— E numa dessas foi você mesmo quem me resgatou no seu enredo e não me venha com melodramas.

— No entanto, hoje é você que me recebe e com uma aparência renovada — respondia o velho anfitrião desgastado fisicamente, mas com a mente incrivelmente ativada.

— Fique tranquilo que nossa história se repete no Metauniverso — disse a impressão liberta das lembranças distorcidas do passado e totalmente fora do contexto como nunca antes nem por fotos era lembrada.

— Não, meu velho, na verdade, você não foi, você ficou! Não precisa mais temer o tempo que não nos afeta mais — respondia a quem parecia ser o próprio pai, bem mais remoçado que ele próprio.

— Embora na aparência, filho, você mais parece uma fruta que passou da hora de cair do pé — dizia o fantasma risonho.

— Mas vivemos a mesma mentira, eu por estar aqui e me alimentar das próprias impressões e você por não querer morrer ou, pior, relutar em acreditar que já não está entre nós.

— Talvez, mas a verdade está onde acreditamos e já nem sei o melhor lugar para passar os dias e nem você parece capaz de admitir que está na hora de parar com o jogo.

E assim transcorria o evento descontraído com os comentários mais absurdos e ultrajantes porque todos sabiam que os vivos não deveriam encontrar os mortos e se fartavam de um entorpecimento psicológico e revigorante apenas para não pensarem como mortais.

— Relaxe filho, que também vai chegar a sua hora! Seu cérebro ainda aprisiona sua mente.

A festa transcorria e nem pareciam estarem em Pilares ou presumiam que o autor promovia aquele espetáculo e dançavam ao calor das emoções fluidas, trocando os passos, as pernas e até os troncos nos quadris de outros casais, e nunca, jamais, se cansavam das novas formas, que nenhum baile a fantasia jamais reproduziu.

Até a aclamação ao final do evento, da homenagem especial que prestavam a uma ilustre manifestação, *Édith Piaf*, reconhecida imediatamente na chegada com muito carinho, que nem se deixava mais contagiar por isso, apenas não se conteve no instante em que o mordomo retirou a capa do piano e algum tempo depois já reparavam que ela nem precisava mais tocar as teclas porque as melhores músicas já vinham das vibrações de seu espírito enquanto dava atenção a outros espíritos que conversavam com ela.

E foi assim até o dia clarear, quando Abel, impassível, recolhia os casacos e devolvia os *tickets* para os mesmos clientes, que deixavam no local as últimas impressões renovadas nos trajes a rigor, depositados cuidadosamente de volta pelo mordomo, devidamente recomendados para os seus destinatários se fosse o caso.

— Mas quem seria o agraciado da vez para que o camareiro simulasse o providencial equívoco?

20

Depois do meio-dia, o notário perfez a mesma distância até o *saloon* e ao chegar lá estava de novo Abel com o mesmo sorriso a recepcioná-lo, com todas as deferências que lhe eram de praxe, entretanto, não contava com a presença de outros atores ilustres, como o prefeito Alcides Farinha e alguns nobres fazendeiros que degustavam um *Buchanans* para brindarem o reencontro casual, sempre ali no puxadinho.

Realmente, de toda a estrutura montada, o puxadinho era o local mais reservado e tão ou mais acessível que os outros porque era aberto e situado numa reentrância do balcão paralelo a uma pilastra tortuosa em forma de "S" decorada com um jogo de espelhos conjugados e meio tortos que refletiam todo o resto do ambiente e a movimentação daquele recanto, menos quem estivesse lá, fazendo o grupo praticamente desaparecer de cena.

— O gelo está ali, encha o seu copo! — disse Nemo, piscando para o amigo, sem cerimônia, enquanto outros eram constantemente abastecidos de uísque por ele.

— Perfeito! — disse Lemos, em seguida, tentando se situar na conversa.

— Chegou bem na hora — disse Alcides Farinha.

— Notamos que a campanha está a todo vapor — disse o notário só para ele.

— Vou dizer uma coisa para você ao pé do ouvido.

— Pois, diga!

— Alguns eleitores do adversário estão exatamente aqui, agora, ao nosso lado — disse Farinha, cada vez mais em evidência na campanha alardeada pelo mote:

Busque o melhor para sua cidade;
Paz, união e prosperidade;
Não pense só no que ela tinha;
Essa é a hora da verdade;
Vote em Alcides Farinha.

Reunia com ele um par de batuqueiros dos mais barulhentos, que iam e vinham todas as horas pelas ruas sem parar, o dia inteiro, infernizando a vida dos habitantes, que, de tanto escutarem o repente, não tiraram mais aquilo da cabeça e só votariam nele mesmo porque não tinha outro concorrente à altura, além de um bem-conceituado e elegante produtor de soja, preparado e de ótima aparência, mas que em algumas aparições tinha achaques epilépticos repentinos que lhe davam uma expressão tão horrenda no rosto, que espantava os eleitores e fazia até gritarem de pavor as criancinhas.

— Certamente, estamos juntos mais uma vez nessa! Mas do que falavam mesmo?

— Você chegou na hora exata — disse o outro.

— Não me diga!

— O assunto da vez é o sujeito oculto, lembra-se dele? — disse Farinha enquanto os outros assentiam, sem perderem o fio da meada.

— Não, não me lembro muito bem — fazia-se de tonto.

— Como não! Daquele louco que apareceu pelado no meio da rua e disseram que veio das nuvens que algumas vezes baixavam sobre as colinas? — disse o delegado, que ressurgia como uma impressão recuperada e despersonificada de Nemo à mente de todos.

— Um adulto parido, sem roupas nem consciência de onde vinha, nas ruas de Pilares — disse Alcides.

— Ele surgiu assim mesmo, conseguiu uma jaqueta para se disfarçar e correu para as montanhas, é o que ainda dizem — comentou alguém.

— Vocês ainda se lembram mesmo do infeliz? Eu não e já nem faço questão — disse Nemo, desconversando.

— Como não?

— Talvez o primeiro mutante que faleceu dormindo, porque não poderia ter surgido nem assim de um sonho — prosseguiu Lemos.

— E todos vocês parecem ainda temer as pobres almas penadas — disse o prefeito, rindo como um condenado.

— Não foi bem assim — protestou o delegado Viriato.

— E como foi, então? — alguém perguntou.

— O demente mal se compunha porque não tinha mais onde acordar, provavelmente estava em coma profundo ou estado físico semelhante e deplorável na origem, coitado — reiterou o delegado.

— Foi o primeiro alienígena que tivemos — disse Lemos.

— É o que dizem.

— E para onde vão, afinal, as almas dessas criaturas? — indagou Farinha.

— Nesse caso não foi a lugar algum, apenas ficou por algum tempo em evidência, como um sujeito indeterminado e sem origem, até conseguir finalmente se radicar, não é mesmo delegado? — disse o notário com ironia.

— Mas como conseguiria essa proeza? O que você acha Nemo? — perguntou Farinha.

— Não faria mais diferença para mim do que para vocês — disse o autor, cada vez mais apagado.

— E onde acha que ele poderia estar agora? — insistia Farinha, sem trégua alguma.

— Em qualquer lugar de nossas vidas ele se faria passar sem que desconfiassem — respondeu mais uma vez o autor, que olhava de soslaio para mordomo e não omitia para os outros um mal pressentimento no olhar abalado.

A conversa assim prosseguia, até iniciarem a debandada geral, menos, é claro, Lemos, que no final estava animado e parecia cada vez mais ansioso.

— Olhe lá, de novo, a figura!

— O quê?

— Tião cara-de-cão! — disse ele, incontido, em alto e bom tom para que o outro percebesse.

— Olhe os modos!

— O que foi que eu fiz agora, ora pois?

— Contenha-se! — disse Nemo, percebendo a ousadia do compadre enquanto os outros atendentes riam pelos cantos.

— Mas que parece um cão ninguém pode negar — disse Lemos.

— Vamos adiante e supere seus inconformismos — disse Nemo para mudar de assunto.

— Então, vamos lá, não acredito nessa bobagem de alienígenas — disse Lemos poucas horas depois.

— Nem eu tampouco, e nem poderia falar muito a respeito, mas se houvesse um aqui estaria muito bem disfarçado — disse Nemo.

— E o melhor disfarce ainda seria manter-se sempre visível e comunicável para não desconfiarem, até finalmente se acostumarem com ele — disse o notário, olhando de longe para o mordomo.

— Talvez! Quem sabe?

— E quanto às trocas cada vez mais habituais de casacos — continuou o notário.

— Sim, uma bela lição podemos tirar de tudo isso!

— Eu também já não duvido, mas, e quanto a você, o que diria?

— Que uma das mais belas verdades da vida é que dos erros se originam os acertos.

— Então, os erros seriam propositais e bem calculados como os riscos? — inquiriu o notário.

— O que você acha? Haveria alguma outra forma de interpretar?

— Eu diria que nada ocorre aqui por acaso e jamais seriam uma utopia algumas ocorrências, você bem sabe.

— Certo! Admito! Começamos bem assim.

— E o que diria, agora? Como olvidar que as trocas não são intencionais e tais equívocos facilmente evitáveis porque sabemos que os trajes e objetos não são perdidos, mas catalogados de forma simples e precisa em outro banco de dados para classificar os avatares?

— A maior evidência da funcionalidade do sistema, com o repositório de impressões perdidas para dar sentido à história toda.

— Então, podemos classificar como funcionalidade do sistema, como simples ferramenta atribuída a um robô ou alienígena da constelação de Orion, se você não enlouqueceu de vez?

— Não tenho todas as respostas, mas você está certo — admitiu Nemo, pela primeira vez, de tão perto que o outro havia chegado.

— Será? Você ainda pode blefar!

— Não enlouqueci ainda — disse o autor, que parecia ter baixado as cartas, mas, com ar de mistério, parecia ainda contar com um trunfo para a última jogada de mestre.

— Assim espero!

— Então, vamos dar um passeio! — sugeriu afinal, porque o jogo deveria continuar.

De lá, fizeram a tomada das novas configurações no contexto, do posto ao *saloon* até o restante da rua, perfazendo em seguida o sentido inverso pela outra rua paralela, a partir da igreja. E exatamente no ponto em que se encontravam, percebiam um grande grupo de adolescentes surpresos se aproximar com toda a deferência, talvez por julgarem que fossem figuras proeminentes da cidade.

Assim, passaram a caminhar ao lado e na mesma direção, como se estivessem perdidos, até que Nemo puxou assunto com alguns dos rapazes, como se os reconhecesse de longa data. E, mesmo que fossem apenas mutantes, não cansava de se divertir com eles, ainda mais porque sabia que planejavam alguma presepada.

Naquele dia especificamente não seria diferente, porque logo fariam materializar também do sonho uma sorveteria em plena praça central com uma infinidade de sabores de sorvetes que surtiam o efeito inverso de emagrecimento e da euforia em corpos cada vez mais esbeltos.

Embora não fosse de nenhum deles aquela ideia, porque apenas surgiam por lá como se fossem resgatados, um a um, dos sonhos delas e só viessem a descobrir depois que um grupo de garotas os aguardava, em cujos encantos também se prendiam em devaneios antes de adormecerem, e assim mantinham-nos como objetos insaciáveis ou bem mais do que isso, talvez como os próprios julgadores do concurso de beleza que elas simulavam da forma mais prazerosa possível de outros sonhos.

Os velhos de fato pareciam tirar grandes lições daqueles sonhos e das impressões mais acertadas que nunca tiveram antes na vida e eram quase sempre surpreendidos, pois quem poderia vir com uma ideia daquelas e também demonstrar que as mulheres é que tinham o poder de escolher seus parceiros e ainda fazê-los imaginarem que eram eles que as conquistavam?

Até que finalmente chegavam ao destino refestelados das impressões dos vícios que aguçavam muito mais os sentidos já perdidos e Nemo disfarçava muito bem uma agonia enquanto recolhia o próprio chope da serpentina para juntar-se aos demais e acompanharem os últimos raios de sol do poente, que, de novo, invadiam e iluminavam as canecas espalhadas por todo o balcão em tons diáfanos, que iam do âmbar ao amarelo intenso, e depois se apagavam no último brinde, que selava o final de um outro dia, talvez o último comemorado naquele jogo.

21

Ele ainda mantinha as atenções fixas numa daquelas canecas e refletia a respeito da conclusão a que havia chegado, de que a história não lhe pertencia mais e poderia no máximo considerar-se um personagem inexpressivo e apagado de todas as impressões que o motivavam.

Daí, ainda se apegava por último às impressões que pareciam as mais autênticas e se originavam dos sentidos, como era o vício, que não vinha apenas do leve torpor, das cores e nem mesmo do sabor da cerveja gelada, mas de toda a liturgia presente dos rituais de se encontrarem. Era o prazer que parecia ter perdido de não conseguir mais surpreender ou ser surpreendido naquela atmosfera virtual, embora lhe parecessem cada vez mais inequívocas as impressões resgatadas do companheiro.

Talvez fosse o momento adequado de informar, então, ao programador que havia sido abduzido, que o jogo era apenas uma impressão necessária e não devia considerar uma alucinação porque ele não sabia de tudo e poderia surpreendê-lo de algum modo, até porque já não se sentia bem em enganá-lo o tempo todo.

Desse modo, com um estalar de dedos emitiu o comando para que recobrasse finalmente os sentidos das impressões no corpo pálido que ainda hibernava em um transe aparentemente interminável.

Ele já estava prestes a revelar a verdade de que o jogo era apenas mais um jogo e que ele realmente blefava, que outras impressões obtidas da imensidão dos verdes vales foram articuladas de uma perspectiva de fora, e não de dentro do *saloon*, cujo ambiente era tão parecido com imensa sala onde estavam ao vivo e presencialmente de novo, de uma realidade continuada e adaptada com todos os elementos necessários, como a esteira que simulava todas as caminhadas diárias no mesmo sentido enquanto o programador se via totalmente introspectivo até chegar ao *saloon*.

Talvez também percebesse imediatamente depois que as janelas que se abriam dos monitores convertidos a partir das venezianas escamoteáveis e recolhidas para o teto simulavam as mesmas placas de led que revelavam tanto as auroras boreais quanto o magnífico vale, enquanto permanecessem abaixadas, e que só depois de abertas, de fato, revelariam o verdadeiro panorama torrencial do encontro do mar com o horizonte, que parecia exatamente a direção de onde ele havia sido interceptado pela primeira vez da imersão do voo simulado.

Entretanto, o compadre ainda se mantinha inerte e cada vez mais pálido, como também não dava sinais de vida no corpo, cujas feições ainda eram notadas.

Até que as atenções do autor despertadas pelos ruídos e imagens transmitidas dos monitores fizeram-no perceber que sozinho jamais contaria a alguém uma história como aquela e muito menos seria capaz de envolver-se daquela forma porque, para o seu espanto, o jogo continuava e todos os atores ainda estavam interagindo, menos ele, e pareciam totalmente desdobrados de suas próprias impressões de tal forma, que sua presença já nem era necessária.

Ele estava fora e parecia ainda passado, até que num ato de desespero balançava o outro corpo e tentava resgatá-lo a origem inutilmente, porque já não tinha sinal de vida algum.

Mas o terror não havia terminado e via, do ambiente, sua visão escurecer lentamente, assim como toda a perspectiva em volta diminuir com ele no enquadramento, até entender o motivo por que não deveria se considerar mais nada, ou quase nada, porque dali mesmo se focava na última interface cognitiva do verdadeiro operador a sua frente, que estava por trás de tudo, com a mesma face alienígena de Abel, que não hesitou em eliminá-lo porque sabia que ele estava lá em cada um de seus personagens remotos, um curto e triste desfecho naquele perímetro do Triângulo das Bermudas onde não poderia haver uma ilha e muito menos um autor alienado.

No mesmo instante, pouco depois do meio-dia, o notário cobria novamente a mesma distância até o *saloon* e não mais acionavam esteira na origem da realidade configurada e já transfigurada para que o jogo continuasse.

Abel continuava onisciente de algum modo e bem trajado como um mordomo com a fisionomia impecável e o olhar inabalável, dignos de um verdadeiro repositório de impressões perdidas.

E, assim como na vida real, para o notário nada parecia ter mudado, as utopias continuavam as mesmas e não sentiria mais necessidade alguma de regressar ao velho mundo.

Por fim, apenas uma estranha impressão subsistia na mente do notário, como se mais alguém devesse estar ali com eles naquele dia, que o fazia pronunciar uma palavra, o último adjetivo para definir o sujeito indeterminado:

— Impressionante.

grupo novo século

Compartilhando propósitos e conectando pessoas
Visite nosso site e fique por dentro dos nossos lançamentos:
www.novoseculo.com.br

‹ns

facebook/novoseculoeditora
@novoseculoeditora
@NovoSeculo
novo século editora

gruponovoseculo.com.br

1ª edição xxxx 2023
Fonte: Adobe Caslon Pro